Hanns H.F. Schmidt . Der Eiermann

Der Eiermann

und andere

Tolldreiste Geschichten aus dem altmärkischen Dekamerone

erzählt
von
Hanns H.F. Schmidt

dr. ziethen verlag
Oschersleben

Das schöne Geschlecht in der Altmark
hat überhaupt dauerhafte Reize
und viel Einnehmendes, dabei sind sie
gesund und gehen nicht sobald ein.
Der Umgang mit ihnen ist unterhaltend,
freudenvoll und herzstärkend.

J.H.F. Ulrich (1779)

Das Land, worüber man gar oft zum Narren wird,
die Äpfel, die mehr als Wein erhitzen,
die Wälder, die der Floh durchirrt,
solln Bacchus und die Venus schützen!

unbekannter Kenner (1750)

Die ersten Altmärker im Paradies

Wer es denn immer noch nicht wissen sollte: Adam und Eva, bekanntlich die ersten Menschen, waren Altmärker. Während damals noch alles andere wüst und leer war, wie in der Bibel nachzulesen ist, lag das Paradies schon in der Altmark, wo noch heutzutage Speck und Balsam fließen, was jede Landkarte bestätigt.

Zwar hatte unser gütiger Herrgott anfangs schon die Obstbäume geschaffen, auch die Blumen und das Gras, mancherlei Büsche, aber noch nicht die Schmetterlinge, selbst das Rindvieh nicht, und so konnten die ersten Altmärker weder wissen noch beobachten, daß die Liebe zwischen ihnen nicht nur ein seelisches, sondern auch eine Art gymnastisch-fröhlichen Tätigseins in unterschiedlichen Stellungen sein konnte. Wie gesagt: es gab keine Schmetterlinge, nicht Stier und Kuh. Und der Herrgott knetete gerade in Afrika die ersten Löwen und Elefanten und bemerkte gar nicht, was seinen Geschöpfen in der Altmark dringend fehlte.

Adam bekam wohl mit der Zeit mit, daß Eva, die ja aus einer seiner Rippen gebastelt war, nicht ganz so gebaut war wie er selbst. Naja, da hatte es eben etwas an Material gefehlt, dafür besaß er ein wenig mehr. Über dieses Zipfelchen Unterschied konnte Eva sowieso nur lächeln. Jedenfalls damals im altmärkischen Paradies.

Nun tat diese dargelegte verflixte Sache den Vögeln leid. Es gab damals im Paradies schon Meisen, Nachtigallen, Zeisige und Raben, Hahn und Hennen. Sie konnten besser sprechen als heutzutage. Freilich: wer von den Altmärkern weiß, was die Vögel rufen, der versteht sie auch. Die Vögel trauten sich allerdings nicht, so mirnichts, dirnichts zu Eva und Adam zu flattern, um ihnen zu sagen, wie sie den kleinen Unterschied zwischen ihnen... sagen wir mal: zum Verschwinden bringen könnten.

„Dat mak ik nich, kikeri!" sagte der Hahn und schüttelte den Kopf, bis er rot leuchtete.

„Kann jao ok passeern, raw raw, dat se's nich künn", gab der Rabe zu Bedenken, „un denn sin wi Vöggels schuld, raw!"

Es gab keinen gefiederten Paradiesbewohner, der die ersten Altmärker unterrichten wollte, aber schließlich kamen sie überein, daß jeder ein Stück zur Aufklärung beizutragen hatte.

Die Meise sang also nicht wie heutzutage in der Altmark ihr freundliches „Kiek in't Ei! Kiek in't Ei!", sondern flog auf Adams Schulter und rief unentwegt: „Stick in Pelz! Stick in Pelz!"

Der erste Altmärker Adam sah sich um. Es gab noch gar keine Tiere, die im Fell oder Pelz einherspazierten. Endlich entdeckte er wohl eine knappe Handbreit, doch dieser Pelz gehörte ihm gar nicht, sondern seiner munteren Paradiesmitbewohnerin.

Der Hahn gockelte und gickelte und amüsierte sich mit seinen Hennen über soviel menschlichen Unverstand. Da machte sich die Nachtigall auf. Sie wollte nun einen erprobten Ratschlag mitteilen, als sie aber den müden Adam anguckte, sang sie nur konfus: „Steiht em jao nichnichnichnich, türilü, steiht em jao ümmerümmerümmer noch nichnichnich!" Und da versteckte sie sich wieder im Gesträuch.

Nun wollte der Zeisig sich gar nicht auf den Weg machen. Da waren doch Hopfen und Malz verloren, obwohl das Bier noch nicht erfunden war! Aber die übrigen Vögel bestanden darauf, daß auch der Zeisig den Adam auf den wichtigen Weg weisen mußte. Und der Zeisig hatte Glück, denn Adam reckte sich gerade, um rotbackige Äpfel zu ernten. Eva saß neben ihm im Gras und ließ sich den ersten Borsdorfer schmecken. Da setzte sich der Zeisig kurzentschlossen der Apfelesserin auf die Schulter und zirpte drauflos: „Zipp em maol! Zipp em maol! Zipp em ..."

Eva hatte wohl eine Hand frei, aber woran sollte sie denn zippen? Da war nichts weiter, als das Zipfelchen Unterschied an ihrem Adam. Sie tat dem aufdringlichen Vogel also den Gefallen und zippte. Und beide erste Altmärker waren erstaunt, was in dem schlappen Zipfelchen für eine aufwärtsstrebende Kraft mit einem Male war.

Wie es nun mit den beiden Altmärkern weiterging, ist nicht so genau überliefert. Wahrscheinlich meldete sich noch einmal die Meise, und dann klappte es wohl nach einigen Schwierigkeiten zu beider Zufriedenheit. Jedenfalls kam nach einiger Zeit nun auch noch der Rabe geflogen, und als er nach unten in die blumenbunte Wiese äugte, schrie er anerkennend und laut: „Brav! brav! brav! braaav!"

In seinem Hochmut wollte der Hahn das zunächst nicht glauben, er mußte alles mit eigenen Augen sehen und lief aufgeregt zu den beiden Altmärkern im Grase.

„Nu heww ik vielleicht 'n Hunger!" stöhnte der erschöpfte Adam: „Soon Haohn, dat mütt doch maol wat anners sin as ümmerto Äppeln und Bern." Und schon hatte er dem neugierigen Gockel den Hals umgedreht, und das Paar briet sich den Vogel, der nach vollbrachter Lust wunderbar schmeckte. Das Brathähnchen war erfunden.

Daß die Geschichte wahr sein muß, lehrt ein Blick auf ein wirklich altes altmärkisches Bauernhaus. Da sind ja nicht nur paradiesische fromme Sprüche auf die Balken geschnitzt. Unsere Vorfahren haben auch immer einige Vögel und Blumen anbringen lassen. Warum wohl?

Übrigens: Wenn heutzutage ein Hahn aus seinem altmärkischen Ei schlüpft, heranwächst und zum ersten Male kräht, ruft er wie einst sein Vorfahr im Paradies vor Adam und Evas erstem Versuch: „Kikeriki! hie is god lewen!" Aber dann meldet sich sofort ein alter Gockel aus der Nachbarschaft und belehrt ihn wehmütig: „Dat wird nich lang duern, kikeriki!"

Von einer vorlauten Grafentochter

In Rohrbergs Umgebung kennen die Leute seit altersher eine Spukstelle, die hieß früher anders, aber heutzutage nur Kathinkenburg. Fragt man freilich nach, dann weisen einen manche in die Jeetzeniederung, andere in die entgegengesetzte Richtung nach Ahlum, einige vor Eifer in alle Himmelsrichtungen.

Auf jeden Fall soll dort irgendwo ein Schloß gestanden haben, in welchem die Grafen von Danneberg lebten. Der urolle Kantor Hermann Künne, der in Püggen einst sein kurioses Museum zusammen mit seinem schwarzen Pudel Susi hütete, hielt die Kathinkenburg für einen Hügel, den die Eisenbahnstrecke zwischen Beetzendorf und Siedenlangenbeck durchschneidet. Er hatte dort ein kleines Bierfaß mit Feuersteinschabern und Faustkeilen und weiß der Düwel noch was angefüllt. Lassen wir das, wo die Kathinkenburg wirklich stand, für die Geschichte spielt es keine Rolle. Und die spielt sowieso in jener fernen Zeit, als das Schloß noch ansehnlich dastand.

Alle Grafen von Danneberg, wird überliefert, herrschten selbstherrlich und ungerecht, also ist es auch überflüssig nachzuforschen, wer denn nun diese herzlose Tochter hatte. Wer die nämlich nicht auf den ersten Blick als Prinzessin erkannte, dem wurde der Kopf auf den Hackblock und danach neben die Füße gelegt. Gute Nacht, schöne Welt!

Jetzt wird mancher Leser die Stirn runzeln: was heißt denn erkennen? Das ist sehr einfach zu erklären, wodurch sich die Stirn des besseren Aussehens halber sofort wieder glätten wird. Der Bewerber wurde mit listigem Grinsen in einen Saal geführt, und in dem standen nicht nur drei Göttinnen wie vor dem antiken Schäfer Paris, sondern gleich vierzehn nackte Mädchen. Das gab es einst in der Altmark. Manchmal tanzten die vierzehn hüllenlosen Jungfrauen auch mittelalterliche Ringelreihen. Hüllenlos stimmt nicht ganz, denn um den Kopf trugen alle dichte Schleier.

Der Freier konnte also dreizehnmal danebentippen, aber in diesem Glücksspiel gab es nur einen Versuch. Nackttanz auf der altmärkischen Kathinkenburg war genauso lebensgefährlich wie russisches Roulette. Nur ohne Kugeln. Dafür mit einem scharfen Beil. Hatte der Jüngling (ältere Herren nahmen mit nichtadeligen Nichtjungfrauen Vorlieb, denen sie noch gewachsen waren) seine Wahl getroffen, nahm die Auserwählte ihren Schleier ab und war in hundert von hundert Fällen nicht die Grafentochter.

Was sollte auch schon eine Prinzessin in solch paradiesischem Zustand von den übrigen Jungfrauen unterscheiden? Ja, wenn man ihr frühzeitig vielleicht ein Krönchen auf eine Arschbacke eingebrannt hätte wie den guten Kühen eine Zahl, dann wäre die Wahl ja recht einfach gewesen. Aber so? Was half da die bewährte altmärkische Weisheit: Eenmaol is keenmaol, tweemaol is nich oft? Es gab ja keen tweemaol ... Und: den Tokiekern geiht keen Spöl to hoch!

Zuerst kam der Scharfrichter kaum nach mit seiner Präzisionsarbeit. Ein Ansturm von Freiern war das! Dann ließ sich seine Beschäftigung schon besser übersehen und einteilen. Schließlich aber hatte der kräftige

Mann genügend Zeit, um sein Beil ausgiebig zu putzen und zu glänzen.

Wie immer in solchen Geschichten: Eines schönes Tages kam ein völlig zerlumpter und hungriger junger Mann am Tor der Kathinkenburg vorüber. Es regnete zum Gotterbarmen, und da klopfte der Bursche zaghaft an die Pforte, wurde auch von der Wache eingelassen, bekam sogar einen Napf Suppe. Der Scharfrichter, ein immer arbeitseifriger Altmärker, fragte so nebenbei, ob der Fremde nicht Lust verspürte, in der Kathinkenburg als zukünftiger Schwiegersohn zu leben.

Der schmuddelige Bursche hörte das mit ungläubigem Erstaunen. Er - Schwiegersohn eines Grafen? er, ein umhergetriebene Schweinetreiber aus Rindtorf?

Ja, sagte schlicht und überzeugend der Scharfrichter, der mangels Arbeit gerade als Torwächter diente. Und er freute sich, dem schaurig neugierigen Publikum endlich mal wieder eine Vorstellung auf einen Streich bieten zu können. Er ließ Wache eben Wache sein, rannte eilfertig zum Grafen, der wenig ritterlich aus dem Fenster ins Weite döste und meldete das geplante Schauspiel ordnungsgemäß an. Dann führte er den neueingetroffenen Hauptdarsteller vor.

„Mann!" sagte Graf von Danneberg und hielt sich die Nase zu: „In solch stinkigen Klamotten kann düsser Minsch doch nich vor miene Dochter bracht wern! Ab zu Wurzelbürste und Seife!"

„Wird erledigt, Euere gräfliche Hoheit!" sagte der Scharfrichter und rief die Waschmannschaft zusammen.

Inzwischen wurde die Grafentochter samt ihren dreizehn jungfräulichen Gespielinnen unterrichtet, daß in Kürze wieder nackiger Ringelreihen auf dem Tagesprogramm stand.

Der Schweinetreiber, der die Botschaft mithörte, erkundigte sich neugierig: „Worüm schall denn de Prinzessin nackig rümlöpen?" Und nun erfuhr er erst in Stichworten, auf welch lebensgefährliches Spiel er sich frohgemut eingelassen hatte. Aber da saß er schon in der hölzernen Wanne.

Im Schloß kam Freudenstimmung auf: wieder hatte sich ein Esel auf das Eis gewagt, in dem er kurzerhand - besser: kurzerkopf - versinken müßte.

Während nun die Grafentochter mit ihrer Freikörperkulturgruppe noch einmal den schwingenden Reigen probte, schrubbte der Scharfrichter höchstpersönlich letzten Glanz in den Schweinetreiber und stutzte ihm dann schon sicherheitshalber das Nackenhaar. Damit er schöner aussah.

Als der Rindtorfer Kandidat aus dem Bottich stieg, sauber wie das letzte Mal anläßlich seiner Geburt, da war ihm doch bedenklich zumute. Wenn ierst de Hals aff is, heißt es bekanntlich, denn is nich mehr god kreihen...

Ein Knappe brachte Hemd und Hose, denn das originale Kostüm des Schweinetreibers qualmte bereits aus dem Burgschornstein und stank, daß die Raben, die dort immer hockten, sich erst einmal von Dannebergs Residenz von dannen schwangen.

„Treck ich nich an!" entschied plötzlich der Freiersmann mit aufblühendem Stolz: „Wenn de Mäken nackig sin, kann ik dat ok!"

Da konnte man nichts einwenden. Hemd und Hose blieben so sauber und wiederverwendbar.

Und schon schob man den Freier dorthin, wo die Mädchen, barft bis an den Hals, bereits munter umherhüpften, daß die strammen Hinterbäckchen wackelten wie gute Sülze und die jungfräulichen Brüstchen auch.

Der Reigen gelang nicht so gut wie gewohnt. Der Grund ist sehr einfach zu erklären. Die in ihren Kemenaten vor allen lüsternen Spießgesellen scharf bewachten Jungfrauen hatten rote Köpfe unter ihrem Schleier und nur wilde Blicke für den gutgebauten Mann aus Rindtorf. So etwas hatten sie noch nie betrachten dürfen. Und der Mann wiederum - gutgefrühstückt und gebadet - geriet in besonders erregte Stimmung angesichts solchen Balletts, das vor ihm noch nie getanzt worden war. Und je höher diese auserwählte Schar von schmalen bis in erster Reife molligen Fräuleins die Schenkel warf, desto stärker schaffte sich das beim Jüngling in Wallung geratene Blut einen natürlichen Ausgleich.

Die Mädchen sangen ohne Arg, was man damals so in einem Grafenschloß eben sang, wie:

Is de Mai scheun warm un trocken,
künn' wi ok im Busche bocken;
is er awer koll' un matt,
giwt et ok in Zimmer wat!
Vidirallala, vidirallala und so weiter...

Solch ein großes Ausrufzeichen wie am stummen Schweinetreiber hatten weder die Jungfrauen noch anwesende Rittersfrauen gesehen, wobei letztere sogar wußten, wie man mit solchem Federkiel gut schreiben konnte.

Und deshalb blieb wohl plötzlich eine der Umherhüpferinnen bei dem Freier stehen, befühlte das unbekannte Etwas und fragte auch noch den Grafen: „Vadder, wat is'n dat hier?" Nun hörten die übrigen Tänzerinnen auch auf und machten lange Hälse, aber nicht so lang wie der Freiersmann.

Aber der wußte jetzt, daß die Prinzessin gefragt hatte. Und wenn auch der Graf von Danneberg vor Wut über die Dummheit seiner Tochter die Hände vor Wut gegen seinen Schädel schlug, daß letzte Funken aus Augen und Ohren sausten, auch wenn er in zornigem Eifer dem Scharfrichter (was war der Mann enttäuscht!) befahl, seiner dämlichen Tochter den Hintern neuzubesohlen -, alles war vergebliche Aufregung.

„Nee, nee!" sagte nun der Schweinetreiber: „Dat kümmt nich in Fraoge, fürs Besohlen von miener Fru bin ik nu sülwst zustännig."

Die Burgbesatzung erinnerte den Grafen an sein ritterliches Versprechen und Ehrenwort, das er nun einlösen müsse. Selbst der fromme, leider schon altersmüde Kaplan Zebedäus (ein Mann von knapp 30 Jahren) erschien und riet zur Vernunft, denn nun brauche sich doch der Herr Graf nicht mehr um den ausstehenden Nachwuchs sorgen.

Während die Berittenen davonstoben, um den Bauern Schweine und Gemüse aus den Ställen und Speichern zu räumen, um die Musikanten der Umgebung einzusammeln, und das Wasser in der Kathinkenburg knapp wurde, weil sich zum Hochzeitsfest alle wieder einmal waschen mußten, wurden die Grafentochter und ihr zukünftiger Gemahl sittsam eingekleidet.

„Wie heet den nu dat Ding van di?" wollte die Prinzessin wissen, denn ihre Frage war durch die drängende Ereignisflut nicht beantwortet.

Der Bräutigam wußte das wohl, aber da er noch nie mit Prinzessinnen verkehrt hatte, kannte er keinen vornehmen Ausdruck, also überlegte er eine Weile, dann fiel ihm ein: „Dat is mien Zepter!"

„Tum Regeeren?" fragte die Braut ungläubig.

„Jaojao, wenn dat in dien Familie so heet, denn werd ik hüde Nacht dich dardamet maol düchtig rümregeeren.“

Das ist eben die wahre Sage von der Rohrberger Kathinkenburg, denk ich mir, denn da sollen ja noch immer bei Mondenschein tanzende nackte Mädchen mit weißen Schleiern den arglosen Wandersmann erschrecken. Dreizehn an der Zahl. Das sind die übrigen Tänzerinnen, die in ihrem Leben nie soetwas an Schönheit und Größe in die Hand bekamen, was sie am Rindtorfer Schweinetreiber doch wenigstens gesehen hatten. Nun gespenstern sie aus Wut und lassen alle Männer des Nachts in ihrem Revier aus Rache im Morast untergehen.

Friedrich Wilhelm Albrecht

Natürliche Folge

1817

De Düwel föhrt de Eva an,
inglieken Eva ehren Mann.
Dorut folgt ahne Twiefel:
Der Fru ergift sick liecht de Mann,
un liecht de Fru dem Düwel.

Mein Schatz

Auf deinen Stammbaum,
mein runder Schatz,
ist bestimmt Münchhausen gestiegen
und zwar mit offenem Hosenlatz,
denn du kannst so hochadelig lügen.
Schweig nur und küß mich,
mein heißer Schatz,
und will dein Münchhausen nicht fliegen,
dann schluck ich auch jeden erlogenen Satz,
denn du kannst so wunderbar liegen.

Erntedank

Es war einmal... na, da merkt jeder gleich, wie uralt dieses Geschichtchen sein muß. Freilich hat es über Generationen hinweg die Gemüter bewegt, ansonsten wäre es ja längst vergessen worden.

Also: Es war einmal ein Mönch, der in einem Kloster in Salzwedel lebte, ein junger, stattlicher Kerl, den sein Abt mit Vorliebe und beachtlichem Nutzen (darauf kam es wohl in erster Linie an) im Herbst, zur Erntezeit, ausschickte, um in den umliegenden Dörfern Gaben einzusammeln. Bei wohlhabenden Witwen auf Rittergütern, bei reiferen und reichen Bauersfrauen verzeichnete dieser angenehme Bittsteller außerordentliche Erfolge.

Das war allerdings immer eine schwere, recht gesehen harte Aufgabe für den Bruder Ambrosius. In der Regel wurde er bereits heiß erwartet. Wenn sich nun auch Bruder Ambrosius in der Stadt, wo seine Schritte argwöhnisch beobachtet wurden, in seinem Heißhunger sehr zurückhalten mußte, strengten ihn die Stationen auf seinen täglichen Fußmärschen allmählich an. Gewiß - da steckt schon erfahrene Wahrheit im Spruch, der da bestätigt: Abwechslung ergötzt. Aber sagt man nicht auch: Wer selten reitet, dem tut der Arsch bald weh?

Es war einmal ein später Nachmittag im leuchtenden Herbst, an welchem Bruder Ambrosius noch eine gutbetuchte Witwe besuchen mußte. Er war etwas schwach. Nicht nur an den Füßen. Und auch sonst. Ein Sprichwort heißt nicht ohne Sinn: Wer sich an alten Kesseln reibt, wird rußig. Ambrosius verließ sich deshalb zunächst allein auf seine Beredsamkeit und bekam auch sofort ein Dutzend Säcke Korn für sein Kloster geschenkt.

Die Bauersfrau, in deren Backofen gerade der Teufel höchstpersönlich einheizte, war durch die erbaulichen Gespräche mit dem Klosterbruder nicht zufrieden gestellt. Und als Ambrosius gar unverhofft von seinem Stuhl aufstand, ihr lediglich seine Hand reichte, um sich dankend zu verabschieden, da mußte wohl der Teufel zum Blasebalg greifen, um die verborgene Glut zu hellodernden Feuer anzufachen. Sie wünschte, daß man aus ihrem guten Weizen so schöne runde Brote backen möge, und dabei führte sie dem frommen Jüngling die Hand zu ihren kräftigen Hinterbacken. Und sogleich schwärmte sie von köstlichen Semmeln und wußte handgreiflich den müden Bruder Ambrosius auch an diese Delikatesse zu erinnern.

Der Klostermann seufzte zuerst sehr tief, dann sah er zum Himmel hinauf. Er dankte wortreich noch einmal für die gesegnete Ernte und wie er beschämt sei von dieser Bereitschaft zu offenherzigen Schenkungen. Solch reicher Ernte könne er doch gar nichts entgegensetzen.

Aber Bruder Ambrosius, schwärmte die Bauerfrau, Ihr selbst habt doch vor einem Jahr die Saat zu dieser reichen Ernte in die Furche gepflügt! Ihr wollt sie doch auch im kommenden Herbst wieder einfahren. An's Werk! Eure Ähre, ja nur zwei solche Körner an ihr, wie sie Euch anvertraut wurden, müssen doch einfach jetzt schon mein Feld bestellen. Und dann habt Ihr Grund zur Freude auch über's Jahr, mein Lieber!

Da seufzte Bruder Ambrosius noch einmal recht tief, schickte sein Stoßgebet zum Himmel und schickte sich drein, daß ihm der Pflug schon aus der Hand genommen wurde.

Erdmann Neumeister

Die modischen Schürzen

Sie fangen jetzt recht artige Moden an:
Die Eine setzt sich was von Golde dran,
die Andern tragen Fransen und echt Brabanter Spitzen,
die Andere hat ich-weiß-nicht-was dran sitzen,
die nähet sie mit ihrem Namen aus,
die Eine macht des Liebsten seinen drauf.

Wenn ich mein wenig Urteil drüber fälle,
so möchten sie doch wohl zu dulden sein,
man nähe nur die Worte mit darein:
Hier drunter führt der nächste Weg zu Hölle.

Der Größte

In Kusey lebte früher einmal ein Großknecht, der unvergessene Gustav Krötenheert, der wohl aus Köbbelitz stammte, hat man mir erzählt, aber dies tut nichts zur Sache.

Gustav war ein arbeitsamer Mann, heißt es jedenfalls, doch er war eigentlich etwas zu klein geraten. Kleen Pötte koken schnell öwer! sagt man in der Altmark. Kleine Männer sind schnell in Zorn und Wut, da kocht schnell der Ärger hoch über das bißchen Vernunft. Wat willst maken?

Wenn früher in Kusey eine neue Magd in Stellung ging (damit kein Mißverständnis aufkommt: wenn sie einen neuen Arbeitsplatz bei einem Bauern übernahm), dann lag da im Bullenwinkel, wenn ich's richtig behalten hab, ein glattgeschliffener Granitstein. Ansonsten stand auf diesem Findling der Schulze von Kusey als eine Art von Podium, um die neuesten Bekanntmachungen den Einwohnern auseinander zu klamüsern. Und jede neue Magd, die ja nun nichts über Abgaben und Steuern oder ähnliche erfreuliche Nachrichten von der hohen Obrigkeit berichten konnte, die stand auf dem Stein und mußte alle Junggesellen der Reihe nach küssen. So zur Probe woll. Damals gab es übrigens den einprägsamen Spruch: Wer sich aufs Küssen legt, der legt sich auch aufs Bette. Jede Zeit hat so ihre Orthographie. Und Sprüche.

Wenn eine neue Magd nach Kusey kam, gab es immer wieder Hader. Wie sollten sich die Küsser um den Stein im Bullenwinkel aufstellen? Nach der Größe. Schön und gut. Aber zuerst die großen Junggesellen, dann die kleinen? Oder doch umgekehrt? Ärger in Fülle! Man weiter: erst die Ältesten, dann die Jüngsten? Oder doch lieber umgekehrt? Dat is, as wenn 'n Hawer von de Gös (=Gans) köpn deit!

Lieber zurück zu Gustav Krötenheert. Unter den Junggesellen in Kusey war er der älteste und der kleinste. Knifflig. Nicht für ihn, nein, bewahre! Für Gustav war immer alles klar, der hatte stets den Durchblick: Er blieb immer der Größte, er besaß immer das Größte, die Größte, den Größten. Schnaps zum Beispiel. Tanzte auch stets mit Frauen, die wenigstens einen Kopf größer waren. Und schwang die kurzen Beine wie ein Kosake vor dem Wodkagott. War er fertig mit seinen artistischen Drehungen und dem Hin- und Herschwenken, dann lief er mit puterrotem Kopf wie ein Gockel zur Theke und feierte sein Können. Und mußte von allen Seiten Lob über Lob hören. Wehe dem, der da nur stumm wie ein Hecht im Kochtopf und vielleicht noch leichtgrinsend in sein Bier schaute.

Die neueste Magd hieß Hanne und kam aus dem Braunschweigischen, von Brome wohl, wo es immer besonders sittsam und zugeknöpft herging. Ein schönes Geschöpf des lieben Gottes und ihrer Eltern, nicht schwatzhaft, etwas langsam und bedächtig. Doch wer weiß es nicht? Still Water sin deip.

Fest steht nur, daß Gustav Krötenheert sich vordrängen mußte beim Küssen und beim ersten Tanzvergnügen. Da forderte er Hanne Plüsch, na endlich fällt mir ihr Name wieder ein, also Hanne Plüsch immer wieder auf, daß es dem jungen Mädchen schon peinlich wurde. Jedenfalls tat sie so. In Wahrheit tanzte sie von Herzen gern, und dieser etwas kurz geratene Gustav war ja ein außergewöhnlicher Tänzer. Wie ein Stehaufmännchen hüpfte er mit ihr durch den Saal, rempelte dieses Paar aus der Bahn und jenes fast um: Wat sin wi Buern vajniegt, wat sin wi ollmärkschn Buern vajniegt ... Dat kümmt van Köm un Bier... un van de scharpen Jungs... Heidiheida heidullala!

Als es ans Nachhausegehen ging, war Gustav Krötenheert wie ein Blitz an Hannes Seite. Die wollte sich zwar zunächst bei einer neugefundenen Freundin einhaken, aber die hatte auch schon einen jung Kerl in Rage poussiert, wie es in vornehmen Deutsch hieß. Draußen war es sehr dunkel. Wie meistens tief in der Nacht. Einige Hundert Schritte weiter war vom Gegröhl der letzten Zecher im Krug schon kaum noch etwas zu hören.

Gustav Krötenheert hielt seiner schweigenden Eroberung erst einmal Vorträge über das Wetter in und um Kusey. Abnehmender Mond, Wind aus dem Osten, man kennt das selbst; und plötzlich - Hanne Plüsch wußte gar nicht, wie schnell man auf verschwiegenem Weg in Kusey zum versteckten Ziel kam: Schon lehnte sie an einer Mauer.

„Hanne", stöhnte Gustav schnaufend: „an düsse Muer künn wi dat jao maol probeern!" Und schon fühlte Hanne, daß ihr fixer Tänzer bestens auf die erste Probe vorbereitet war.

„Ik weet nich recht", sagte Hanne, „so an ne Muer?"

„Awer jao doch, dat geith ok da dran wie jeschmeert! Man ran an'n Speck!"

„Na, Gustav, awer eens will 'k di vörher noch seggen..."

„Hinnerher, Hanne, hinnerher!" keuchte Gustav: „Wi sin schon to lang bi de Vörred."

„Wehe, du makst mi glieks 'n kleen Jung!" drohte Hanne.

„Wohin denn! Ik bün doch'n anschlägigen Kopp. Ik mak di met'n Grötsten von Kusey keen kleen Jung!"

„Dann man tau!" hauchte Hanne erwartungsfroh.

Und Gustav Krötenheert, der gab sich nun vielleicht ne Mühe. Als wollte er die Mauer umstoßen. Wie so'n Stier. Aber es dauerte gar nicht lange, da begann Hanne zu kichern. Erst leise und unterdrückt, dann lachte sie lauter und lauter. Das war aber zuerst für Großknecht Gustav mit dem Größten endlich die Bestätigung, daß er etwas besonders Gutes, Starkes, Wohltuendes an sich hatte. Und endlich sagte er erschöpft, aber stolz: „Ik weet woll, worüm du sau vergnäugt büst, denn dat biste jao! Man ik heww 'n awer ok lang rinneschwoen bit an dien Rüggenknoken, heww' k doll spürt!"

Die wohlgesittete Hanne aus Brome aber sagte nur noch: „Gustav, du mütt dat ierst noch lernen. Sowat ok! Du hest jao man ümmer nur an de Muer stöten!"

Immen in Immekath

Ich denke mal, diese Geschichte, wenn sie denn wahr sein soll (aber meine Gewährsleute in verschiedenen Dörfern rund um das honigsüße Immekath berichteten übereinstimmend), muß schon vor vielen Jahrzehnten passiert sein. Damals blühte um das stattliche Dorf in der lieblichen Jeetzeniederung noch im Frühherbst überall die Heide rotviolett, da gab es selbst schon im 17. Jahrhundert Verträge zwischen Dörfern in der westlichen Altmark mit Imkern aus der Lüneburger Heide, die hier ihre summenden Völker ausschwärmen lassen konnten. Überhaupt soll in dieser Gegend einst nur ein Bienenvater sich seine Kate errichtet haben, und als die Siedlung bald heranwuchs, blieb ihr Name schlicht Immekath.

In jenem urollen Immekath lebte selbstverständlich auch ein Pastor, einer aus der menschenfreundlichen Sorte, die eine gute Flasche Rotwein einer schlechten Predigt vorziehen. Und er war ein Bienenvater von hohem Ansehen. Für seine Immen nahm er sich jede Menge Zeit. Die Frau besorgte das Hauswesen. Ihre Kinder waren längst erwachsen und aus Immekath, folglich war der große, ansehnliche Pfarrgarten allmählich zu einem Bienenparadies umgestaltet worden. In überdachten Bienenschauern wurde die begehrte Süße von den fleißigen Insekten eingebracht und gesammelt, was Herrn Pastor auch manchen Taler zusätzlich verschaffte. Es ging ihm überaus gut, und die altmärkische Regel, die da lautet: Wenn de Buer sparn will, denn fängt he bie Köster un Preester an, die berührte ihn gar nicht.

Der einzige Bruder besagten Bienenpastors hatte sich weniger mit Immen, sondern mehr mit Gottes Wort abgegeben, weshalb er zum Superintendenten in Stendal berufen worden war.

Stendal: ein großes, aber leeres Wort; jedenfalls für jemanden, der in Immekath wie dieser Pastor lebte. Weit entfernt wie Jerusalem. Und doch schickte der Superintendent eines schönen Tages im Frühsommer seine einzige Tochter Hannchen zu seinem Immekather Bruder. Das junge Mädchen hatte längere Zeit gekränkelt, nun sollte Luftveränderung helfen; sie tat auch gut. Außerdem waren bei dem Immekather Bruder und seiner Welt Moral und Sittlichkeit sicher geschützt, dachte man jedenfalls in Stendal. Auch dort war das siebzehnjährige, nun aufblühende Mädchen noch nicht in die Fallstricke jener Teufel geraten, die jungen und alten Damen mit Schwanz und Horn schauerliche Angst einjagen.

Hannchen fühlte sich im Pfarrhaus zu Immekath sehr wohl. Nun klang der schöne Sommer aus. Das Mädchen konnte der Tante und dem Onkel tüchtig im Garten und Haushalt helfen. Süßer Duft lag über der weiten Niederung. Heidekraut leuchtete hügelan, hügelab. Dahlien blühten verschwenderisch in warmen Farben. Äpfel und Pflaumen reiften, Birnen und Nüsse. Mus mußte gekocht werden.

An einem Wochenende kehrte ein junger Predigtamtskandidat in Immekath ein. Johann Heinecke, der in Halle an der Saale Theologie studiert hatte, bemühte sich um eine Pfarrstelle in dieser Gegend. Einfach war das nicht, aber nun sollte er in Kusey eine Probe seiner Gottesfurcht und Gelehrsamkeit im Sonntagsgottesdienst abgeben. Da solche Ämter keineswegs üppig bezahlt wurden, war es gerade für einen Anfänger lebensnotwendig, einen Nebenerwerb zu treiben. Die Imkerei bot sich also an, aber man mußte etwas von ihr verstehen. Wer sollte sie besser unterrichten können als der Immekather Pastor Ambrosius Wackerbarth?

Die beiden studierten Herren hatten bereits den Sonnabendnachmittag mit Bienen verbracht. Doch beim guten Onkel wuchs allmählich das Gefühl, dieser junge Zuhörer mußte nicht genug Grips im Kopfe haben. Gott sei's geklagt, obwohl er sich ständig Notizen machte, verwechselte er immer wieder etwas. Oft war er sehr unkonzentriert. Freilich war Onkel Ambrosius derart vertieft in seine Bienenwissenschaft, daß er gar nicht bemerkte, daß der Herr Predigtamtskandidat immer dann besonders unaufmerksam wurde, wenn er nur in einiger Entfernung am Haus oder im Hühnerstall oder auf der Leiter zum Pflaumenbaum die Nichte Johannchen entdeckte.

Eigentlich wollte Kandidat Johann Heinecke in der Abenddämmerung wieder nach Kusey wandern, um dort zu übernachten. Aber sein Predigttext war längst ausgearbeitet, der Besuch als Abwechslung willkommen, die Kenntnisse im Bienenwesen noch reichlich unvollkommen, es gab gute Gründe also, um dem jungen Mann eine Übernachtung im Pfarrhaus anzubieten. Der junge Mann nahm an. Pastors Frau winkte allerdings ihrem gastfreundlichen Mann unauffällig zu vorm Abendbrot, ihr mal schnell zu folgen. Sie flüsterte ihm zu, daß es im Augenblick gar kein Gastzimmer gab. Das bewohnte doch Hannchen.

„Ach wat!" sagte der Pastor Wackerbarth entschlossen: „Da stahn doch dree Bettstatts drin!"

„Awer, Ambrosius!" stöhnte die Frau, die ansonsten gehorsam war, wie es damals dem Weibe gebührte.

„Awer, awer!" wiederholte der Pastor: „Hannchen ist noch völlig unverständig, ein liebes, dummes Kind, die läßt keinen drüber. Die hat Angst und schreit sofort, wozu es nicht kommen soll nach Gottes Wille! Und für den Herrn Kandidaten möchte ich doch meine Hand ins Feuer legen, der wird sich hüten; will er nämlich hier eine Pfarre erobern, da braucht er meinen Einfluß. Basta!"

Nach dem Abendessen gingen beide Männer wieder in den Garten, während Hannchen eifrig ihrer Tante Meta half, noch ein Bett in ihrem Zimmer zu beziehen.

„De dut di jao nix", sagte die alte Frau tapfer.

„Wat denn ok?" sagte Hannchen: „Mien kleener Bruder schläpt ja ok met mi in'n Kammer."

„Jao, so is dat ok bi uns hüt Nacht."

Es war sehr spät geworden, und Hannchen hatte schon den ersten Schlaf hinter sich, als der Herr Kandidat, durch einige Gläser Honigwein wohlig erhitzt, sich in das dunkle Zimmer mit einer Kerze tastete. Hannchen wachte trotzdem auf, sie drehte sich zur Wand um, denn nun plätscherte der junge Mann in der Waschschüssel herum, ehe er sich im frischen Bett ausstreckte. Er stellte die Kerze auf den Nachtkasten, um noch ein wenig in der Bibel zu blättern.

In Wirklichkeit grübelte er schon stundenlang, wie er die Aufmerksamkeit des herzigen Mädchens auf sich lenken könnte. Da war ja an ihm etwas Starrsinniges, das nun gar nicht mehr wie sonst schläfrig sich langlegte, sondern aufstand und steif und stahlhart darauf bestand, gut versorgt zu werden. Bei solch günstiger Gelegenheit.

„Ach!" stöhnte der Kandidat, „ach, tut das weh!"

Das empfindsame Hannchen, das gelernt hatte „selig sind die Barmherzigen!" und sich in Pastors Apothekenschränkchen auskannte, fragte kurzentschlossen: „Kann ich denn helfen?“ Und saß schon aufrecht im Bett.

„Ach auweh ...“

„Was tut denn weh?“

„Ein Bien hat mich gestochen!“ stammelte Johann Heinecke.

„Jaja“, sagte Hannchen und schon baumelten ihre Barfüße aus dem Bett: „Da weiß ich ein Mittel.“

„Das würde mir so wohl tuen!“ log der junge Mann und log auch nicht.

„Wo ist denn der Stich?“ Jetzt stand Hannchen schon vor dem Bett des Patienten.

„Ach, an meiner empfindlichsten Stelle, oweh!“

„Ich hole ein Mittel, das hab ich schon einige Male selbst ausprobiert. Das hilft. Denn zu Hause haben wir gar keine Bienen. In Stendal.“

Nun wollte Johanna schnell zur Kammertür hinaus und treppab zur Küche, doch das ging nicht. Der Fuchs im Predigtamtskandidaten hatte nämlich geraten, nach dem recht geräuschlosen Absperren des Schlosses den Schlüssel einfach in die Hosentasche zu stecken.

„Oooo!“ sagte Hannchen enttäuscht und wußte nicht weiter.

„Wecken Sie ja nicht ihren guten, liebenswerten Onkel und die gütige Tante auf!“ flüsterte der Kandidat: „Um keinen Preis möchte ich, daß die wundervollen Menschen, die unbedingt nun ihren Schlaf benötigen, jetzt wieder aufgescheucht werden. Ich will meinen Schmerz schon allein ertragen.“

„Sie haben ja recht“, sagte Hannchen, setzte sich schon wieder auf ihre Bettkante und faltete die Hände. „Ich möchte Ihnen aber helfen ...“

„Ich will schon die Zähne zusammenbeißen ...“

„Aber das dauert und brennt höllisch“, sagte Johanna: „Zeigen Sie mir doch einmal, wo Sie gestochen wurden! das muß doch ordentlich angeschwollen sein!“

„Und wie, liebes Hannchen, und wie! Der Bien muß mir unbemerkt unters Hemd gekrochen sein ... und dann ... oh!“

Hannchen schlug mit echtem Entsetzen die Hände vor dem offenen Mündchen zusammen: „Entsetzlich! ich wecke doch den guten Onkel, er hilft Ihnen ... Das kann ja gefährlich werden, lebensgefährlich, was Gott verhüten möge! Vor allem, wenn der Stachel steckenblieb!“

„Nein, nein, ich hab nachgesehen!“ sagte der Kandidat hastig: „Nur nicht den Onkel aus dem Schlaf reißen!“

„Zeigen Sie mir mal die Schwellung. Sie brauchen sich ja nicht genieren, weil ich ja bloß helfen will!“

„Nagut, meinetwegen, aber erschrecken Sie nicht!“

Als Johann Heinecke die Bettdecke zurückschlug, bekam Johanna große Augen. Das sah ja gefährlich aus.

„Nein, bei solcher Schwellung müssen wir den Arzt aus Klötze holen“, sagte sie nach einigen Schrecksekunden: „Das ist ja eine Schwellung, so etwas hab ich noch nie gesehen! Das muß sich auch sofort die Meta angucken.“

„Halb so schlimm, ich bin eben besonders empfindlich.“

„Sicherlich lange nichts mit Bienen zu tun gehabt!“

„Nein!“ sagte Johann Heinecke, „das spielt bei dem Anschwellen auch eine Rolle, denke ich.“

„Mein Onkel ist gegen Stiche schon ganz unempfindlich. Da rührt sich nichts mehr. Aber mich hat vorgestern auch so ein Tier gestochen.“ Sie zog das Nachthemd bis über das linke Knie, wo noch ein schwach roter Punkt zu sehen war: „Hier! das war so ein Biest, aber das ist ja gar nichts, wenn ich mir das bei Ihnen betrachte. Tut das denn weh?“ fragte Hannchen und streckte vorsichtig ihre Hand aus.

„Und wie! aber ich denke, nach einigen Stunden, da legt sich das auch wieder.“

„Ja, nach einigen Stunden. Aber die Nacht ist kurz. Morgen haben Sie einen schweren Tag. Gibt es denn kein Hausmittel dagegen, damit Sie schnell zur Ruhe kommen und die Schwellung zurückgeht?“

„Ach ...ach ...“ stöhnte der liegende Mann.

„Sie haben doch studiert. Kennen Sie kein Hausmittel?“

„Studiert, aber nicht Medizin. Eventuell könnten Sie mir helfen, Johanna!“

„Prima, aber sagen Sie nur Hannchen zu mir. Ich bin ja noch keine Frau. Was soll ich tun?“

„Anfangs kostet das vielleicht einige Überwindung von ihrer Seite her, Hannchen ...“

„Macht nichts. Ich kann sogar schon Tauben den Hals umdrehen. Hab ich von meiner Tante gelernt. Ihre Schwellung ist ja auch nicht größer.“

„Dann kommen Sie doch mal in mein Bett, Hannchen, ganz vorsichtig ...o!“

Und nun gab sich der Herr Kandidat einfühlsam soviel Mühe, gesund zu werden, daß auch Johanna ganz unbekannt wohl ums Herz wurde. Und es dauerte kaum ein Stündchen, da ließ die Wirkung des angeblichen Bienenstiches nach, so daß jeder in seinem Bett entspannt und wohlgemut bis in den hellen Morgen hinein schlief. Und da der Kandidat Johann Heinecke unbemerkt die Tür wieder aufgesperrt hatte, sah auch die spionierende Frau Pastor in aller Herrgottsfrühe, daß jeder in dem zugewiesenen Bett den Schlaf des Gerechten schlief.

Nach dem zeitigen Frühstück fuhr man gemeinsam nach Kusey, wo der Predigtamtskandidat seine Probepredigt hielt. Da Herr Wackerbarth aus Immekath schon während der Fahrt feststellen mußte, daß der Gast wieder über die Hälfte von dem Wissen über die Bienen, das er ihm gestern so anschaulich dozierte, vergessen hatte, fand er die Predigt auch nicht gut. Dagegen waren Kirchenpatron und die Gemeindeältesten vollauf zufrieden. Aber die geistliche Oberinspektion mußte das auch sein, und sie vertraute mehr dem Gutachten, das Ambrosius Wackerbarth heute noch verfassen wollte.

Nach dem gemeinsamen Mittagessen nahmen die Immekather Abschied von dem Hallenser Absolventen.

Pastor Wackerbarth äußerte schon auf der Heimfahrt, als es den Berg hinauf ging in Richtung Immekath, daß Herr Heinecke seiner Meinung nach nicht als Pastor für diese Gegend tauglich sei. Weil er auch gar nichts von Bienen verstand.

„Weil er so empfindlich gegen die Stiche ist!“ wagte Hannchen ihn in Schutz zu nehmen.

„Das sag ich ja, er taugt nichts für dieses Paradies für Bienen!“ Und damit kam die Kutsche auf die Hügelhöhe, von der man weit in die wunderschöne Jeetzeniederung blickte.

„Mann, er soll sich doch aber auch ein bißchen mehr um die Seelen der Menschen kümmern“, sagte Frau Pastorin, „als nur um Immen.“

„Papperlapapp“, sprach der Pastor recht unchristlich, „unsere Lotte und den schönen Wagen, den sie zieht, alles haben uns die Bienen herangeschafft.“

Und bereits nach dem Mittagessen samt Schläfchen schrieb Pastor Wackerbarth an seine Oberen, der Bewerber sei wohl passabel für die übrige sündige Welt,

aber nicht für die holdselige Altmark, da brauche man doch ganz andere Männer des Glaubens und der nützlichen Wissenschaft. Kurz: Autoritäten.

Hannchen ging ihrem Onkel schweigsam zur Hand, sang auch nicht wie sonst, als sie am späten Nachmittag bei den Bienenschauern mithalf. Sie hatte den empfindsamen Herr Heinecke in ihr Herz geschlossen und spürte zum ersten Male Sehnsucht. Daß sie nun auch schon eine Frau war, wußte sie nicht. Johann Heinecke konnte sie sich als Mann vorstellen. Wenn sie auch nicht recht wußte, wozu und weshalb.

Da kam plötzlich eine wuschlige Biene geradewegs auf Pastor Wackerbarth Nase zu geflogen und stach drauflos. Ohne dem Bienenvater einen wissenschaftlichen Nachweis solchen Tuns zu erbringen. Ich denke, sie war wohl vom lieben Herrgott auserwählt. Als Opfer für zwei Liebende. Denn der Pastor schlug erbost zu. Nachdem die Biene zugestochen hatte.

Sofort begann Pastors Nase gefährlich zu schwellen. Da man sich am äußersten Ende des Gartens befand und Stiche oberhalb der Lippe besonders gefährlich sind (das hatte Hannchens Onkel immer wieder betont), also hob die hilfreiche Nichte ohne weiteres Säumen Kleid und Hemd und wies auf das dunkelblonde Kräuselbüschchen hin: „Stecken Sie schnell dort ihre Nase hinein, lieber Onkel, Sie werden sehen, wie schnell das Anschwellen zurückgeht!"

Es war nicht anders, als träfe Pastor Wackerbarth der Schlag. Schnell schlug er Rocksaum und Hemd hinunter, sah nach allen Seiten, ob denn kein Nachbar diese fürchterliche Szene beobachtet hatte; und da dies zum Glück einmal nicht der Fall war, lief er Galopp ins Haus. Etwas beleidigt über die barsche Abweisung ihres freundlichen Hilfsangebotes folgte ihm die Nichte. Nachdem der Pastor seine Nase mit essigsaurer Tonerde betupft hatte, fragte er, wer ihr denn diesen Ratschlag erteilt habe. Und Hannchen erzählte nun eifrig und endlich alles von Herrn Heineckes Schwellung und dem Hausmittel dagegen.

„Ist gut, mein Kind ... mein ... meine Johanna!" sagte Pastor Wackerbarth völlig verwirrt: „Nun geh in den Garten und sammle einen Korb Birnen, wir wollen Pflaumenmus kochen ..."

Und dann rannte er eilig in seine Studierstube, zerriß sein Gutachten und schrieb schnell ein neues. Ein einzig überschwengliches Lob für Johann Heinecke, der unbedingt schnellstens in Kusey Pastor werden müßte. Unbedingt.

Das erzählte Ambrosius Wackerbarth dann auch, als man sich verspätet zum Kaffeetrinken in der Laube einfand. Und dann log er etwas. Sein künftiger Amtsbruder hätte Andeutungen gemacht, um Johannas Hand anzuhalten, denke er. Ob das denn keine gute Partie sei?

„Oja!" sagte errötend die Nichte, die sich nichts lieber wünschen konnte. „Aber ich will keine Bienen haben, die den armen Mann stechen können."

„Papperlapapp!" sagte der Pastor: „Vielleicht kommt eines Tages die Zeit, wo du Dir wünscht, daß ihn mal wieder eine Imme piekst."

„Ambrosius, was erzählst du unserem Hannchen nur für dummes, dummes Zeug!" sagte die Frau Pastor und goß duftenden Kaffee in die Tassen. Und stellte den goldgelben Bienenstich auf den Tisch.

Ratschlag

Süh, Mäken, wenn du frien willt,
sau frie du di 'n Papen,
denn kannste lange schlapen!
Schlöpst du lange, denn wirst du witt,
denn kriegt de Pape Lust up dick.

Der spukende Stengel

Die oll Stöbersche in Garlipp war sehr abergläubisch. Von Kindesbeinen an. Da hatte nämlich ihre Grotmudder all so'n höllschn Spökekraom ufgerebbelt: Wenn't in'n Graw räjent, stirwt ball een ut de Truergesöllschapt; wenn ut'n Schor(n)steen Funken flüggen, denn geith et met'n Buer bergaff; wat man seggen müt, dat de Rupen ut'n Kohlgaorn geihn un man so wieter ...

Auch ihr Mann, der Paule Stöber mußte sich sein Lebelang solche Sprüche anhören. Heute durfte er das nicht tun, morgen fand jenes statt. Zu allem Glück war er ein geborener Phlegmatiker und ließ sich jahrzehntelang durch all die abergläubischen Vorsichtsmaßnahmen hin- und herschubbsen. Und wenn er mal tüchtig wollte, konnte sein, daß der Mond nicht richtig stand; und wenn dann der Himmel günstig war, dann stand er nicht recht. Kurzum: ganz einfach war das alles nicht. Aber nun war Schluß damit. Für immer. Für Paule Stöber. Er lag nun auf dem Kirchhof in Garlipp und hatte seine Ruhe, ob der Mond am Himmel schien oder Rauhreif die Zweige wie mit Zuckerkruste überzog.

Oll Stöber war im November gestorben. Ein passender Monat. Seine Witwe Mathilde hatte das Grab besucht in Sturm und Schnee, aber 's gab nichts zu tun. Grüne Fichtenzweige bedeckten die Grabhügel, dann der Schnee; den gab es damals auch in der Altmark reichlich. Das muß wohl so um 1925 gewesen sein.

Mathilde, eine tüchtige Bauersfrau, hatte also genug Zeit, um sich schon auszumalen, wie sie im zeitigen Frühjahr das Grab ihres seligen Paule in ein einmaliges Blumenparadies verwandeln würde. O, wat künntn de Annern ehr Müler zerrietn!

In Kläden gab es damals schon einen guten Gärtner, deshalb machte sich de Oll Stöbersche an einem warmen Nachmittag im April auf, um dort die ersten Pflanzen zu kaufen. Und sie brachte am frühen Abend ziemlich erschöpft, doch zufrieden einen gefüllten Korb, den man hier auch Singpeter nennt, nach Hause. Da kochte sie sich zuerst mal 'n ordentlichen Pott Kaffee. Und Bodderkauken war auch noch im Vorratsschrank.

Als sich die gute Frau Kaffee und Kuchen schmecken ließ, klopfte es an die Haustüre, die schon verschlossen war. Mathilde lugte schnell durch die Gardine: aha! de Oll Klünze, de Nachbarsche. Na, ne Tass Kaffee wär noch öwer.

Frau Klünze war auch schon seit längerer Zeit Witwe, sehr hochgewachsen und hager, mit Adleraugen hinter der Brille, immer schwarzgekleidet. Freundin der oll Stöber war sie schon lange, und sie kam nach dem ersten Schluck gleich zur Sache:

„Wenn Kinner ehr Hand gegen ehr Öllern upheben ...", begann sie.

„Denn wässt ehr Hand ut'n Graw!" ergänzte die abergläubische Stöbersche: „Is dat passeert?"

„Nee doch", sagte Oll Klünze und schüttelte ihren grausträhnigen Kopf. „Veel schlümmer, denk ich, veel schlümmer, Mathilde, ik weet nich, ob ick di dat öwerhaupt seggn künn, awer ik bün jao ok dien Fründin, nich?"

„Biste, Lina, bliewst du ok!" sagte Oll Stöbersche, aber sie hatte auch mit einem Mal so eine dunkle, böse drohende Vorahnung. Sie schob der Nachbarin noch ein Stück Bodderkauken hin.

„Ik weet nich so recht, Mathilde, wie'k dat verteIln künn ..."

„Man rut darmet!"

„Wer sien Hand gegen de Öllern uphebt, denn wässt se doch ut'n ..."

„Jao, wat 'n nu?"

„Ut'n Graw van dien seljen Paule wässt ..."

„Rut darmet!"

„Mathilde, nee, ut'n Graw wässt ... nee, nee!"

„Nu mach's halflang, Lina, dao wässt doch keen Hand rut?! Dat geiht doch gaor nich ..." Sie schluckte hastig ihren Kaffee hinunter.

„Dat is jao ok keen Hand, ik heww mi' t jao sülwenst ankiekt, da wässt sien ... sien ... Unzuchtspipe rut!"

„Herr des Himmels, Lina, wat? wat??"

„Na, dat Ding wie'n Spargel, richtig met so'n Kopp, wie du dat jao von Paule kennst. Und de steiht genau dao ut'n Graw, wo hei ok bi dien seljen Paule wassen is."

Oll Stöbersche saß versteinert da.

Lina wurde umso eifriger: „Un dat künn jao man nu bedü(t)n, dat hei in sien Leewen ok fremdgaohn is. Tor Straf wässt nu sien Dings ut' de Eer."

„Nich mien Paule! Jott heww 'n selig!"

„Dat mütt awer so sien, Mathilde!" Auch Lina Klünze war eine Fachfrau, wenn es um altmärkischen Aberglauben ging.

„Den gaoh ik jetzt up'n Kerkhoff un ritt ehn noch nachdräglich sien Unzuchtpipe rut, wenn't ok 'n Spargel is!" Witwe Stöber stand entschlossen auf, band sich schon die Schürze ab.

„Hat, glöw ik, keen Sinn, Mathilde, denn wässt hei öwer Nacht noch gröter, un dann bekiekn sick dat ümmer mehr Minschen ut Garlipp un herüm."

„Häst recht!" Oll Stöbersche überlegte nur kurze Zeit: „Ik gah awer doch up'n Kerkhoff und pflanz de Blömers, de kümm'n noch hüt up't Graw. Denn sieht man den Spargel nich. Un du hölst dien Schnut!"

„Mak ik, Mathilde!" sagte Oll Klünze und war erst einmal erleichert, daß ihre sorglose Nachbarin von einst nicht schon anfing zu überlegen, wer für den Spargel als Strafe Gottes vor der Welt von Garlipp eigentlich in Frage kam. Denn das waren ja alles Hochtiedn, von denen sülwst de Katt hinnern Herd nist wußt hätt.

Tatsächlich wuchs eine kräftige Spargelstange aus dem Grabhügel heraus. Ringsherum pflanzte nun Oll Stöbersche - allerdings mit wesentlich verringerter Freude - Aurikel, Päonien, tränende Herzen. Hauptsache: niemand bemerkte den Spargel, der Paules Schande offenbarte.

Als Mathilde die Kirchhofstür in der Dämmerung hinter sich schloß, fiel ihr aber ein, der Spargel würde ja bald größer und größer. Und es würde ihr niemand Glauben schenken, sie selbst hätte auf das Grab des seligen Paule ihm zuliebe eine Stange Spargel gepflanzt. Würde sie ihn aber einfach abschneiden, dann käme der Teufel zu ihr oder wer auch immer, um sie für die Tat zu strafen.

Kurzentschlossen wanderte Mathilde Stöber zum Pfarrhaus. Der Pastor mußte ihr helfen. Zu ihm hatte sie genug Vertrauen auch in dieser unheimlichen Angelegenheit.

Pastor Schürhaken saß vorm Haus auf der Gartenbank, schmöckte sien Piep Tobak und freute sich über den Gesang der Nachtigall. Daß Witwe Stöber noch so spät zu ihm kam, störte da kaum. Es war ja erst ein halbes Jahr vergangen, daß er den kreuzehrlichen, hausbackenen Paul mit Gebet und Lied auf seinem letzten Weg auf Erden begleitet hatte, nun kam die Hinterbliebene wohl, um ein paar tröstende Worte zu wechseln.

„Gu'n Aowend, Witwe Stöber, na, wie geith dat nu all lang?"

„Et geith woll so, Herr Pastor, awer hüt hat mi so'n Unruh 'packt, dao is wat Schreckliches passeert ..."

„Soo?" machte der Pastor und paffte große Rauchwolken in den Frühlingsabend.

„Sie sin doch'n verständigen Minschen, Herr Pastor, ik mein man, dat ik Ihn dat woll seggen künn ..."

„Sprechen Sie frei von der Leber weg, Witwe Stöber, doch setzen Sie sich doch!"

„Danke, Herr Pastor!"

„Was ist denn geschehen?"

„Jao, ik heww mi jao nu sülwenst öwerzeugt, wat mi mien leew Nachbarsche vörhen vertellt hätt."

„Was haben Sie denn von Witwe Klünze erfahren?" fragte neugierig der Pastor Schürhaken.

„Na, dat is so. Mien verstorwnen Mann - Gott hew-w'n selig - jao, de schall sick bie sien Leewtiedn ... he schall sick ok met anner Frunslüe, düsse verflixte Wiewer, na, vergnäugt hemm, un nu is de Straof vom Himmo kümm'n. Ut sien Graw dao wässt sien Pipe as'n Spargel rut!"

Frau Stöber wagte den Pastor gar nicht mehr anzusehen. Pastor Schürhaken aber traute seinen Ohren nicht.

„Wat soll ik nu maken?" fragte Mathilde nach einiger Zeit in die Nachtigallenmelodien.

„Moment, Moment!" sagte der Pastor und hatte allmählich mit aufsteigendem Lachreiz zu kämpfen.

„Wat schall ik gegen Gottes Straof dun?"

„Rausreißen, Witwe Stöber. Da ist doch zufällig nur eine Spargelpflanze in die neue Erde gekommen, glauben Sie mir, es gibt keinen anderen Grund, das ist alles!"

„Und dao passeert mi un mien Paule keen Unglück?"

„Das walte Gott!"

Aber so ganz überzeugt war Mathilde Stöber noch nicht. Und deshalb fragte sie vorsichtig nach: „Un woher wolln Se dat weeten, Herr Pastor?"

„Na, das ist doch ganz einfach, Witwe Stöber! Wenn der Spargel tatsächlich die Strafe des Himmels für solche Männer wäre, denn wäre nicht nur der Kirchhof in Garlipp, sondern überall im Land ein einziges Spargelfeld!"

Das Kuckucksei

Weshalb die beiden Eheleute Buchheister solche Dämelacks waren? Ich weiß es nicht. Nichts gegen sie als Bauern! Diese Arbeiten im Laufe der Jahreszeiten kannten sie von Kindesbeinen, da gab es nichts auszusetzen. Ihr Hof in Altenzaun war nicht groß (das Rittergut machte sich seit altersher breit und protzig), doch die Buchheisters hatten ihr Auskommen, konnten sich eine Magd leisten. Und die brauchte man vor gut einhundert Jahren schon, weil es auf einem altmärkischen Bauernhof in erster Linie Handarbeit gab.

Nach der Hochzeit hatten die Buchheisters in vier Jahren knapp fünf Kinder. Dat is förn Anfang genug, erklärte drum Dorothea, süst nümmt dat öwerhand! Darauf antwortete Adolf Buchheister stets: Ik heww nich all Schuld; half un half ...

Sodann wieder Dorothea: Jao, Hunn, de am fründlichsten schwänzeln, de bieten ehn toierst ... Darauf wieder der Mann zur Frau: Hör up! ok klog Höhner leggen in't Brenneddeln ... Ach, auf diese Weise verarbeiteten sie den großen Vorrat von altmärkischen Spruchweisheiten gegenseitig zu mehr oder weniger nachdrücklichen Anschuldigungen. Wenn es allerdings düster wurde und schummrig, da rückten die beiden wieder näher zusammen. Und lagen sie im Bett, ach, da waren sie auch wieder ein Herz und eine Seele; und dann dauerte es nicht lange - ein Leib.

Doch eines Abends, als man wieder überein war, rückte Dorothea nicht an die zugewiesene, gewöhnliche Stelle, sondern behauptete, ab heute gehe es umgekehrt: „Ik heww mi dat god öwerleggt", sagte sie dem verdutzten Ehegemahl, „du kümmst nu unnerwärts, un ik bün jetzt boben!"

„Wat'n dat?" fragte Adolf und blieb trotzig wie ein Dreikäsehoch, „Dat is jao wie 't Lied: Oll Mann will rietn, harr keen Pärd!"

„Dat geith jetzt em nao dat Lied: Oll Fru is keen Zickenbuck, sett sick hüt sülwer flott darup!"

Nun wollen wir nicht erst den altmärkischen Volksliedschatz mustern, ob der Gesang wirklich sich so anhört. Ich war ja nicht bei dieser Auseinandersetzung über Musikalisches anwesend, diejenigen, die mir dies Stippstörken erzählten, auch nicht. Also weiter!

Jetzt schwang sich also Dorothea geschickt auf den Sattel und stürmte munter und vergnügt in die nachtschwarze Heide, die anfangs immer endlos erscheint, aber doch plötzlich schon zu Ende ist. Bei dieser Anordnung blieb es. Beide waren zufrieden.

Nach drei Monaten ungefähr, heißt es, saß Adolf Buchheister immer so in sich gekehrt herum. Gegen die komischen Gefühle im Bauch trank er zunächst nur Kräuterlikör, dann immer mehr Korn, endlich eine halbe Flasche reinen Spiritus. Und eines Abends sagte er zu seiner Frau Dorothea: „Fru, ik glow fest, töw mi, ik kreeg 'n Kind!"

„Mann Gottes, Schnaps macht dumm un dösig, laot'n Schnapsbuddel staohn! Wie soll denn en Mann 'n Kind kreegen?!"

„Jao, dat geith jao ok süst nich, Fru, denn dao leggn de Frunslü' ok unnen, up dat se upnöhm'n, wie man darto seggt. Un nu hewwt ik dao ümmer leggn."

Das leuchtete Dorothea Buchheister bald ein. Wie gesagt: zu den hellerleuchteten philosophischen Köpfen konnte man beide auch mit gutem Willen nicht zählen. Nein, daß sie daran nicht gedacht hatten! Dat war jao wahr! Alle Frauen in Altenzaun unterlagen in dieser Angelegenheit nach altem Brauch ihren Männern. Nur Täve Klump, der es einmal in Berlin ausprobiert hatte, erzählte hinter vorgehaltener Hand, in der Hauptstadt könnten sie es auch ganz anders. In gymnasischen Positionen. Wahrscheinlich mußte man dafür aber erst ein Gymmenasiums aufsuchen. Das half den Buchheisters jetzt nicht. Was war zu tun, damit nicht in Altenzaun herauskam, was für umgekehrte Verhältnisse auf diesem Hof herrschten?

„Ik mut afftriebn!" sagte Adolf finster.

„Üm Himmo's Willen, Mann, versünnide dik nich!"

„Nich wat du di denkst, Dora, ik mütt dat werrer rutschiewn, in ne annere Fru rin, versteihst mi?"

„Awer nich bi mi, neenee. Ik weet noch nichmal, ob bi di allens orndtlich wassen is. Dat kümmt mi nich unter, dat künnst di ut dien schwiemeligen Kopp rutschlaogn!"

„Ik scheew dat as 'n Kuckuck bi uns Anna unner", sagte Adolf nach langer Pause.

„Uns Anna? uns Magd?"

„Worüm nich, Fru?"

„Najao. Ik weet nich recht."

„Ik ok nich", sagte Adolf: „Wat schall awer süst ut uns wern? Häst du'n annern Vörschlaog?" - „Nee, Adolf."

Und beide schwiegen gedankenvoll. Aber es dauerte auch nicht lange, dann schliefen sie beruhigt ein.

In den nächsten Tagen war Adolf Buchheister besonders freundlich zu seiner Magd. Sie hatte bald Spaß an dem Gegurre und Geschnurre, und Anna erkundigte sich schon einmal vorsorglich bei der Köchin des Pastors, die wie sie aus Sanne stammte, was denn zu beachten sei, daß sie nicht mit der Bäuerin gleichzeitig ins Wochenbett geriet. Und sie bekam probate Rezepte und Anweisungen, über die man freilich nicht in aller Öffentlichkeit spricht und schon gar nicht in Bücher wie dieses hineinschreibt. (Heutzutage liest man alles in der Zeitung täglich oder das Fernsehen gibt Ratschläge im Kinderprogramm.) Um 1900 und in Altenzaun war alles geheimnisvoller.

Selbst die Bäuerin war zu ihrer Magd nur noch freundlich, beinah zuvorkommend. Sie nahm ihr bald jeden Handschlag ab. Anna machte sich kaum Gedanken. Auch sie war nicht übermäßig grüblerisch veranlagt. Hüt is hüt. Und Schluß mit der Debatte.

Von dieser Zeit an lag allerdings die Magd in ihrem Bett in der Bodenkammer immer ein bißchen länger wach. Sie lauerte, daß der Bauer, nachdem er wiederholt ihr auf den Busch geklopft hatte, sich endlich weiter vorwagte. Man klopft ja nicht ohne Grund an die Tür, wenn man nicht durch sie hereinkommen will, und sei sie auch noch so klein und ungewohnt. Oder klemmt womöglich.

Endlich hörte Anna die leisen Schritte auf der Treppe. Ja, das war Adolf, ausgerüstet noch mit einigen gutgemeinten Ratschlägen von seiner besorgten Frau, wie er das Kind denn auch wirklich mit einem kräftigen Ruck rüberbringen sollte. Wie er sich die unerwünschte Last vom Leibe schaffen müßte. Die Magd, die das Kindchen austragen würde, bekäme einige Taler. Das war üblich damals. Nicht nur in Altenzaun.

Da Bauer Adolf ja nicht seiner Magd erklärt hatte, welche Hinterlist er vollbringen wollte, war sie nicht nur mit offenen Armen bereit, ihn zu empfangen. Er stellte sich zwar mit einem schelmischen „Kuckuck" bloß, doch Anna verstand zum Glück nicht den Sinn dieser eigentlich ja dummdreisten Anspielung.

Bauer Adolf aber schüttelte sich kräftig durch, damit alles gut herüberkam. Und Anna staunte lang und breit, was ihr da heimlich untergeschoben wurde.

Dorothea aber konnte während dieser nächtlichen Überbringung kein Auge schließen. Sie hielt es nicht mehr im Bett aus. Auf Zehenspitzen schlich auch sie die Treppe hinauf, äugelte durch das Schlüsselloch. Zum Glück brannte in der Mägdekammer noch die Kerze auf dem Tisch, und so sah sie wohl, daß ihr guter Mann sich aus Leibeskräften mühte, um sie selbst vor dem nächsten Wochenbett zu bewahren. Aber der Blick in das verdammt Halbdüstere überzeugte sie auch, daß noch nicht alles von dem kleinen Kinde der Magd zugeschoben war. Da war noch deutlich etwas zu sehen, etwas Kleines, daß noch hin- und herbaumelte. Und da die Kraft ihres Mannes offensichtlich erlahmte, und die Bettstatt kam auch allmählich zur Ruhe, flüsterte sie angstvoll durch den Türspalt: „Mann, die Fersen, die Fersen noch rinstoppen!"

Die Magd wurde zwar einen Augenblick hellhörig, beruhigte sich aber sofort, daß wohl die Mäuse aus ihrer sonst so stillen Kammer flüchteten.

„Wat förn Glück!" sagte Bauer Adolf erleichtert und stieg hinunter zu seiner Frau: „Un nu bin ik ümmer boben!"

Ortskundliches

In Tangel(n)
is Mangel,
is Hunger un Not,
da löpen sick de Müse
in'n Brotkasten dot.

In Ahl(u)m
is nist to haoln.
In Stöck(h)e(i)m
is nist to bröken.

Awer in Püggen
dao leggn de Deerns up'n Rüggen
un de Kerls up ehrn Buk,
dat is dao so'n Bruk!

Vornehmes Benehmen

Vor dem ersten Weltkrieg war in Püggen die hohe Zeit der Kaffeebälle. Auf einer urollen Postkarte sieht man noch Kutschen, die vor dem Gasthof vorfuhren. Aus der Diesdorfer Ecke. Vom Hansjochenwinkel um Dähre, aus Beetzendorf. Kurz: aus der nahen und weiteren Umgebung. Wer gut betucht war - so hieß es einst -, der mußte sich dort sehen lassen. Tüchtige, wohlhabende Bauern, die man gleich am ständigen Stöhnen über ihre schlechten Geschäfte erkannte. Immer nach dem Spruch: De Stähner hat woll wat, wenn man ok de Praohler wat hat ...

Bauer und Ziegelbesitzer Friederich Barnecke aus Wallstawe war auch am Nachmittag nach Püggen losgefahren. Eigener Jagdwagen. Zwei Braune davor. Die Frau tüchtig eingepackt, denn der Herbst verabschiedete sich langsam, um dem Winter Platz zu machen. Und die Nichte Friedegunde saß auch eingemummelt da. Ihr Vater, Barneckes Schwager, war Kaufmann Albrecht in Fermersleben, was bei Magdeburg lag. Als der Mann aus Wallstawe seine Verwandtschaft vor einiger Zeit besucht hatte, sah er gleich, daß seine Nichte Friedegunde dünn zum Durchpusten und bleich war, nichts auf den Rippen, keinen Hintern zum Hineinkneifen. Irgendwie war Friedegunde zurückgeblieben, obwohl eigentlich ansehnlich, rotblond. Mit wenigen Sommersprossen.

„Die schickt uns maol 'n paor Wochen up't Land!" hatte Barnecke geprahlt: „Die erkennt ji nich werrer!" Und auch seine Frau Trude, die leider keine Kinder bekommen hatte, nickte vertrauenswürdig. Abgemacht. „Hoffentlich spölt uns Nichte nich noch met Poppen ...", sagte Friederich Barnecke damals vorm Einschlafen in der Fremde zu seiner Frau.

Nun lebte Friedegunde schon drei, fast vier Wochen in Wallstawe und blühte wirklich auf. Sie trank Sahne in der Butterkammer, konnte mit nem Metz umgehen, um sich auch aus der Reihe nen orndtlichen Zippel Bratworscht oder Schinken zu genehmigen. Und was ihr ab und an der Onkel Fritz als Hustensaft in kleinen Gläschen anbot, wärmte sie durch und durch und taute auf.

Heute ging es also los zum Kaffeeball nach Püggen. Und die alten Barnebeck, die ihre Nichte ins Herz geschlossen hatten, wollten mal probieren, ob sich nicht eine gute Partie für Friedegunde finden ließ. In erster Linie war der Kaffeeball nämlich ein Heiratsmarkt.

Am Vorwerk Wötz hielt Friederich Barnecke seine Pferde an. Hinterm Heidberg ging poetisch und rotgolden die Sonne unter, aber der Onkel mußte prosaisch pinkeln, um nicht über Allzumenschliches lange herumzureden. Als er wieder auf den Kutschbock stieg, war noch ein gewaltiges Rauschen und Plätschern zu vernehmen. Es beunruhigte die erwartungsfrohe Nichte, sie fragte, weil sie die Ursache des Geräusches nicht kannte.

„Toierst war ich dat, nu sin dat de Pär!" sagte Friederich Barnecke und wartete auf das Versiegen des unsichtbaren Wasserfalles. „Die strullern!"

„Was ist denn Strullern, Tante Trude?" fragte Friedegunde. Und die Tante, der solche Gesprächsthemen unangenehm waren, sagte nach einigem Zögern endlich: „Strullern ist französisch; und das bedeutet soviel wie ausruhen ..."

„Jao, Trude, dat hest du ganz god öwersetzt hest du dat! Hü!"

Am frühen Abend war das Fest schon im Gang. In der verqualmten Gaststube, selbst in der Küche saßen die Männer und unterhielten sich fachmännisch über Ackerbau und Viehzucht. Fünf Glas Bier eine Mark. Schluck ok.

Im schwach erleuchteten Saal gab es eine schmale Galerie, auf der mit Mühe und Not vier Musikanten mit Violine, Klarinette, Trompete und Baß saßen und dahinmusizierten. Unter ihnen tanzte das junge Volk. Mal die mit dem blauen Bändchen am Revers, dann die mit einem roten. Damit jeder an die Reihe kam und seine Tänze auch bezahlte. War das Vergnügen vorüber, ging man durch eine Tür in den dunklen Garten, rum um den Saal und zur Vordertür wieder hinein, um auf die nächste Runde zu warten.

Das wichtigste am gesamten Kaffeeball waren die Ollschen, die Mütter und Grotmütter, Tanten und weiblichen Verwandten. Sie hockten eng auf unbequemen Bänken an den Wänden wie eine Hühnerschar auf der Stange. Und sie beäugten argwöhnisch, wer ihre Tochter, Enkelin, Nichte, ihr Patenkind und weiß der Teufel aufforderte und wie oft. Und irgendeine Banknachbarin wußte dann auch schon, wer das war, wat met em öwerall los is, wat hei up de hohe Kant' hätt ... Wenn de Ollschen auch sonst nachtblind waren, hier, auf dem Tanzboden sahen sie den winzigsten Funken im tollen Gedränge deutlich von Herz zu Herzen springen. Keine hatte eine Uhr, aber alle stoppten perfekt, wie weit das neue Paar draußen in der Nacht schon vorwärtsgekommen war. Man hatte ja auch seine Erfahrungen mit jungen Kerls gemacht. Tanzten die jungen Leute schließlich mehrere Runden hintereinander zusammen, dann konnte man den Jüngling schon einmal vorsichtshalber zum Kaffee einladen, um ihn weiter auszuforschen. Denn das Kaffeetrinken machte ja den Höhepunkt des Balles aus. Da gab es Kaffee aus riesigen Kannen, schwarz und stark wie der Düvel und Budderkauken, den man auch im Handgepäck mitbringen konnte. Als Beweis für die eigenen üppigen Koch- und Backkünste.

Fritz und Trude waren vorher nie auf einem Püggener Kaffeeball gewesen, aber sie fühlten sich sehr wohl. Friedegunde war von ihrer lieben Tante vorteilhaft herausgeputzt worden. Zum himmelblauen, langen Kleid mit einem weißen Sträußchen am breiten Gürtel, der die noch schwachentwickelte Büste vorteilhaft hob, paßte das rotblonde Haar prächtig. Die Nichte erregte die Aufmerksamkeit der jungen Männer. Die Tante war stolz, als sei es die eigene Tochter, und sie konnte nach Herzenslust zwischen den olln Ratschen und Tratschen hocken und räsonieren. Und Friederich Barnecke machte inzwischen reichlich alkoholische Reklame für seine Ziegelei und versprach prompte Lieferung in sämtliche Himmelsrichtungen der Altmark bis in die deutschen Kolonien in der Südsee. Ja, in solcher Gesellschaft von Geschäftsleuten soff sich alles herunter wie im Schlaraffenland. Und als er in einer Pause von seiner Frau doch noch begriff, daß ausgerechnet der Sohn von seinem Konkurrenten Otto Kallehne in Bornsen Friedegrunde umschwärmte wie die Fliege den Harzkäse, da baute er Ziegelstein-Luftschlösser ...

Friedegunde war entzückt. Auf einem Ball war sie zuletzt während der Tanzstundenzeit gewesen, aber das war kein Vergleich zu diesem Kaffeeball. Und Albert Kallehne, der bei der königlich-preußischen Eisenbahnverwaltung angestellt war und manchmal schon vertretungsweise auf dem Bahnhof Beetzendorf (Provinz Sachsen) die Bratpfanne namens Kelle heben durfte, um einen Zug abfahren zu lassen, ja, das war ja ein Mann nach ihrem Geschmack. Und sprach zum Glück nicht immer plattdeutsch wie ihre lieben Verwandten. Noch einen Walzer, noch eine Polka, das ging ja nur so hopphopp durch den Saal.

Doch dann hatte Friedegunde einen Blick ihrer Tante richtig gedeutet. Sie sollte Rapport über ihren Tänzer und Verehrer erstatten. So sagte sie mitten im Rheinländer-Hacke, Spitze eins zwei drei - ihrem Albert Kallehne: „Entschuldigen Sie einen Augenblick. Wir können ja bald weitertanzen, wenn Sie mögen, aber jetzt muß ich erstmal strullern." Damit der angehende Bahnhofsvorstand auch merkte, daß sie französisch gebildet sei.

Albert Kallehne war über solche Offenheit seiner himmelblauen Ballkönigin erst einmal verblüfft, aber als Kavalier, der er ja auch sein wollte, bot er ihr die Begleitung zum Klo ... Pardon! zur Toilette an.

„Danke, Herr Kallehne, das ist nicht nötig. Zu Hause strulle ich immer aufm Sopha, hier gehts aber auch einmal neben meiner Tante auf der Bank."

Sagte es mit vornehmem Blick und schritt zu Trude Barnecke. Dort saß sie kerzengerade wie eine französische Dame und nickte huldvoll dem verdatterten Herrn Kallehne zu.

Und der sagte zu sich immer wieder: „Jung, keene Troppen Alkohol mehr! Du hörst jao schon strullern, wenn gar nichts läuft ..."

Ollmärksch Danzleeder

Wi(ll)st 'n Juppjack hebbn,
brukst du 't mi man seggn,
denn soll di de Wiehnachtsmann een brengn!

Hans hat'n dicken,
Hans hat'n dicken,
Hans hat'n dicken Knopp up'n Stock!
Gretchen hat ne rauhe (= Fell, vergl. Allerleirauh),
Gretchen hat ne rauhe,
Gretchen hat ne rauhe Mütze up'n Kopp.

Grün ist der Wald,
braun ist die Heide.
Kam ein junger Schäfer her:
„Jungfer, will sie meine sein?"
„Ja, Schaper, ja,
wi beiden sin een Paar!
Sau nen scheunen Schaperhaken
kann mik balle, nen Jungen maken.
Ja, Schaper, ja,
wi beiden sin een Paar!"

Gos up'n Diek (= Teich),
Ganter dabie.
Jung, lett du mi de Deern tofrä(d)n!
Dat segg ick di!
Fleeg an de Wand, Brummer dabie.
Kumm, lüttje Deern, kumm lüttje Deern,
danz maol met mi!
Katt up'n Disch, Kater dabie.
Mien Vadder slöpt, mien Mudder slöpt,
nun man heidi!

Gretchen, wenn ick fleute,
denn kumm!
Kummste düssen Awend nich,
kriste mienen Stummel nich!

Geschäft mit Elefanten

Schlippenschults Jochen packte sein Schlachtschwein in die Schiebkarre und marschierte damit bald nach Mitternacht aus Jävenitz Richtung Magdeburg. O ja, vor gut hundert Jahren war das noch die Regel für jeden, der weder Pferd noch Wagen besaß. Auf dem Magdeburger Markt ließ sich das Schwein besser absetzen, als wenn sich ein Aufkäufer auch erst noch eine goldene Nase anschaffen wollte. Das hatte Jochen Schlippenschult längst begriffen, wenn es für seinen Kopf auch ansonsten sehr viel Unverständliches gab.

Schon bis Dolle war es ein ordentliches Stück Weg. Langweilig vor allem, wenn es durch den nachtdunklen Wald ging, und niemand leistete einem Gesellschaft. Dann schmökte Jochen sien Piep Tobak, und wenn etwas im Unterholz kramelte und krakelierte, kümmerte ihn das gar nicht. Mal hatte er auch eine große Ratte gesehen, ein bannig Trumm, wie er im Jävenitzer Krug schwadronierte. Und als die übrigen das anzweifelten und meinten, das sei doch eine Wildsau gewesen, lachte Jochen höhnisch: Wildschwien! die seien doch nicht schwarz, sondern schwarzweiß gestreift!

In Dolle war die Gastwirtschaft schon nachts geöffnet, denn an wichtigen Markttagen in der Provinzhauptstadt Magdeburg kamen Bauern und Händler auch aus Gardelegen, aus Stendal, die sich mit schwatt Kaffee und Eiern und Schinken für den Rest des Weges stärkten. Ganze Pferdeomnibusse machten in Dolle Station.

Schlippenschult schob zwar ziemlich marode sein Schwein vor das Magdeburger Rathaus, aber auf dem Markt bekam er immer einen guten Preis. Auch an diesem Morgen. Und dann holte er sein rotes Taschentuch aus der Büx. Da waren bald sechs Knoten eingeknüpft, und zu jedem hatte seine Gertrud erklärt, was er vom Markt mitbringen müsse.

Diesen Tünkraom hatte Jochen bald zusammen: ein Stück Kleiderstoff, ne Tute Pepper, Linsen und noch so wat in der Preislage. Alles wurde in der Schiebkarre verwahrt. Es schlug neun Uhr. Und wenn nun auch Jochen Schlippenschult in Jävenitz und Umgebung als ausgemachter Strohkopf galt, so dumm, nun gleich wieder nach Hause zu wandern, so dumm war er nicht. Es lohnte sich, um die Mittagszeit nachzuschauen, wer noch aus Gardelegen Gemüse, Korn und Tiere verkaufte. Und wem dann der Vorrat zu Ende ging, den konnte ein armer Kossäte mit Aussicht anfragen, ob man nicht auf dem leeren Wagen mitgenommen wurde. Kostenlos. Das war Jochen immer gelungen, und er unterhielt die Kutscher glänzend; oft wußten sie nach Stunden nicht, war der Mitreisende nur ein bißchen tralala oder vollkommen. Dann hatten sie auch zu Hause etwas zu erzählen: Lü, wat ik dao hüt förn Minschen kutscheert heww, kann sik niems vörstellen!

Nur einige Male hatte Jochen Pech. Einmal war er nach Oschersleben in der Börde mitgefahren, weil er anfangs annahm, sämtliche Orte und Städte liegen irgendwie um Jävenitz herum.

Heute fand Jochen bald einen Kutscher vom Rittergut Vinzelberg. Klock twölf geiths los! Jaujau, machte Jochen und guckte sich in Ruhe auf dem Marktplatz um. Imponieren konnte ihm beinah gar nichts. Hechte hatten sie im Mühlgraben viel größere, Appelsinen waren nicht so gut wie seine Borsdorfer Äppel, Fasanen lagen da wie Hühner, die Staupe hatten ... Aber dann gab es dort so braunschwarze, borstige, große Eier. Kokosnüsse, buchstabierte Jochen von der Tafel. Wozu denn Kokosnüsse?

„Wat is'n dat?“ fragte Jochen die emsige Marktfrau.

„Junger Mann, dat sin Elefanteneier!“ sagte die rundliche Person, und ihre Kunden lachten auch herzhaft.

Junge, jetzt wurde es Schlippenschult ut Jävenitz aber heiß unter der Mütz. Er kraulte mit der Hand langsam über seinen hellblond eingerahmten Glatzkopf und grübelte: Wenn ik dat nu köpe, dann künn wi jao to Hus 'n paor Elefanten utbröten! Gröter as 'n Pärd! un dann verköpn wi die nao Berlin in'n Zirkus; so'ne Diert sin jao höllsch düer! Man mutt sick nur de Möh annehm ...

„Denn nehm ik twee!“ sagte Jochen entschlossen und packte die Elefanteneier vorsichtig zu den anderen Einkäufen in seine Schiebkarre.

Klock twölf!

Der zufriedene Jävenitzer bugsierte seine Habe auf den Pferdewagen, setzte sich mit auf den Kutschbock und hüott! ging es den bekannten Weg zurück.

In Dolle tranken die beiden Männer ein, zwei, drei, vier Bier, dann fuhren sie durch die sommerliche Letzlinger Heide ein Stück, und das letzte Stück schaffte Jochen auch noch bequem zu Fuß. Zum Abendessen war er wieder bei seiner Gertrud. Sie freute sich über alles Mitgebrachte, aber was waren denn das für harte, struppige Eier?

„Di sin von'n Elefanten!“ erklärte Jochen gewichtig und löffelte seine saure Milch mit Zucker.

„Affschnitten?“ fragte Gertrud, „orrer hat hei se freiwillig 'legt?“

„Hei legg se. Dao kümm'n Elefantenküken rut, Fru!“

„Richtige Elefanten?“

„Na, falsche köp ik jao woll nich!“

„Un wie passn se in unsen kleen Stall, Mann?“

„Se werdn up'n Hoff annebunn. Un wenn de Diert utewassen sin, denn verköpn wi se an'n Kaiser in Berlin!“

„Mann!“ staunte Gertrud: „Wat makt hei denn darmet? eeten?“

„Nee, den schmeckn nur die Padden (=Frösche). Awer dat werdn se bie unsen nich maken, de kümm'n in Zogologischen Gaorn.“

„Ach so.“ Dann fiel aber Gertrud eine wichtige Frage ein: „Un wer sall de Eir utbrötn?“

„Dat is ne knipplige Arweet!“ sagte Jochen und setzte sich gerade auf seinen Stuhl: „Dat kann niems beter as ik don!“

Die Sonne holte am nächsten Morgen Jochen Schlippenschult in Jävenitz früh aus dem Bett, wo er die Kokosnüsse schon anwärmte. Schnell verrichtete er die tagtäglichen Arbeiten im Stall, auf dem Hof, ging aber nicht aufs Feld, half auch gegen Bezahlung keinem Nachbarn wie sonst. Er prüfte, wo im Garten hinter seinem Hof die Sonne viele Stunden hinschien, wo man vor kaltem Wind geschützt war. Danach war der beste Platz neben der Regentonne. Jochen streute dort eine Schütte Stroh, zog sich splitternackt aus und setzte sich auf die Eier. Manchmal brachte seine besorgte Frau ihm einen Schluck Himbeersaft, mittags ne Schötel Arwtensupp.

Es war ein furchtbar heißer, langweiliger Sommertag. Jochen Schlippenschult mußte all seine Kraft und Ausdauer zusammennehmen, um auszuhalten. Immer das große Ziel unter dem schwitzenden Hintern. Leider hatte er vergessen nachzufragen, wieviel Tage man denn wie eine Henne auf den Elefanteneiern sitzen müßte. Als allmählich die Sonne unterging und er wieder ins Bett umsiedeln wollte, bat er deshalb seine Frau, einmal nachzusehen, ob sich denn nichts zeigte. Vielleicht schlüpfte schon etwas aus seinen wertvollen Eiern?

Gertrud kniete sich ins Gras. In gebührendem Abstand, denn sie hatte vor Elefanten, auch wenn sie erst einmal klein und niedlich waren, Angst. Sie schielte aufmerksam zu den Elefanteneiern unter ihrem geliebten Jochen, der so brav da hockte.

„Mann!" schrie sie laut auf: „Mann, du hest recht! du hest wahr un wahrhaftig recht, bliew nur ümmerto sitten, jao, een Rüssel is da schon to seihn!"

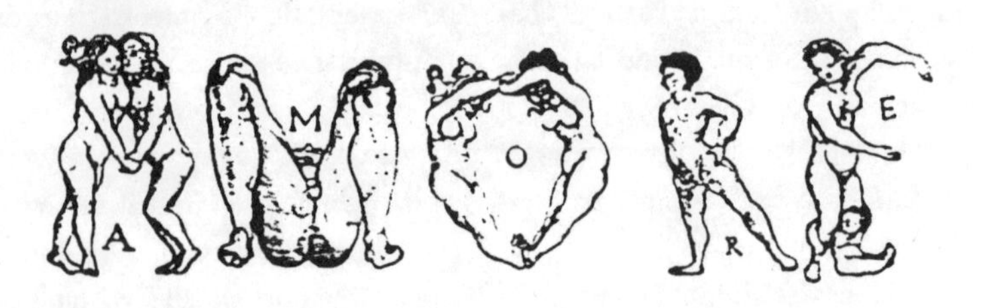

Peter Wilhelm Hensler

Die gute Diät

1782

Charlotten hat ihr Arzt gesagt,
daß zwar das Liebeswerk am Abend mehr behagt,
allein gesünder sei's, den Morgen sein zu pflegen.
Nun will sie also - wohlbedacht! -
es täglich zweimal tun: früh der Gesundheit wegen
und abends, weil's Vergnügen macht.

Der Überraschungstag

Adelaide war die einzige Tochter des äußerst wohlhabenden Kornhändlers Sophus Paddenthan im kaiserlichen Salzwedel. Die junge Dame war keine übermäßige Schönheit, brachte aber beste Aussichten auf eine zeitgenössische Mitgift und auf zukünftige Erbschaften mit ins Spiel. Und das beherrschte sie außerordentlich gut. Beinah alle Offiziere der Garnison konnten das bezeugen, der überkandidelte Sohn vom Bürgermeister bis zum Apotheker Kroosmann. Als dieser umfangreiche Freundeskreis dem alten Paddenthan zu groß wurde (kaum war wieder ein Vogel abgeflogen, landete schon der nächste vorm Vogelhaus), verheiratete er Adelaide kurzerhand an einen herangereiften Geschäftsfreund, den Kolonialwarenhändler Daniel Kraihenbieter.

Danach setzte Adelaide Kraihenbieter nicht nur neue Freunde an, sondern auch Fett. Schönheit kümmt nicht alleen von Gott, sagt ja bekanntlich die altmärkische Spruchweisheit, se kümmt ok ut Schüddel un Pott. Ut de Pann ok. So wurde Adelaides Schönheit bald mit zwei Zentnern gut und gerne aufgewogen. Und sie wurde noch lebenslustiger. Wenn ihr etwas Handfestes angeboten wurde, dann feilschte sie nicht, das hatte sie von ihrem Vater gelernt, dann wurde gleich zugepackt. So war sie weiter mit den körperlichen Vorzügen der Herren Offiziere befaßt, zwang den überkandidelten Bürgermeisterssohn in die Knie, kam der Apotheker zu seinem Vergnügen und so weiter. Ein Betrieb wie im Taubenschlag.

Neuerdings besuchte sie auch der junge Kantor und Organist von Sankt Nikolai namens August Tritonius, ein wilder, blasser Jüngling, der unentwegt auf Beethovens Spuren vorwärtskommen wollte. Er unterrichtete Madame Kraihenbieter im Pianofortespiel.

Der Salon im Hause Kraihenbieter lag im Erkerzimmer, gerade über dem Kolonialwarengeschäft (bestes am Orte), wo Herr Kraihenbieter in blauer Schürze und besticktem Käppchen im Kontor wirkte und nur bediente, wenn hochfeine Kunden den Laden betraten. Dort stöhnte er oft, wenn er über sich das Geklimpere seiner Gattin auf der Drahtkommode anhören mußte. Es begann leise und ruhig, steigerte sich dann zu einem unerhörten Inferno samt Chaos, ehe alles totenstill blieb. Bald darauf kam der bleiche Musiklehrer und Komponist Tritonius wie geistesabwesend und mit leerem Kopf die Treppe heruntergewankt, um sich sein Honorar abzuholen, während die Madame ein Bad nahm, um dann auf der Ottomane ein Stündchen der Ruhe zu pflegen.

„Macht Madame denn Fortschritte?“ fragte jedes Mal der unmusikalische Herr Kraihenbieter.

„Sie kann's wundervoll!“ flüsterte darauf der junge Musiker und schlich lahm davon.

„Der Spinner!“ zischte dann Herr Kraihenbieter und lachte ingrimmig. Er hörte ja, daß seine Gattin keine Ahnung hatte, und deshalb widmete er sich dann weiter dem Heringsfaß oder dem Mäusedreck im Reis.

In der Nähe des Pfefferteiches besaßen die Kraihenbieters einen großen Garten mit einem Pavillon. Dort ruhte an schönen Tagen Madame sich zwischen Rosen und Nelken aus vom Nichtstun. Und dann konnten ausgehungerte Offiziere, die auf ihren Rossen durch die

Feldmark galoppierten, nacheinander bei der üppigsahnigen Adelaide auf einen Sprung hereinkommen. Es war üblich, die Mütze an einen Stock zu hängen, um den sich nahe der Gartentür ein Rosenbusch rankte. Dann wußte der nächste Reiter: Halt! Biwak bis zum nächsten Vorrücken ...

Zwischen den Gärten hinter der Wollweberstraße lag an der Jeetze eine Badeanstalt, die Dr. Bode gegründet hatte. Ein Örtchen, wo Adelaide regelmäßig einkehrte. In Zelle 7 stand ihre Wanne. Da traf sie Gesundheitsapostel Kroosmann und Gymnasial-Turnlehrer Habedank und Gastwirt Buttjerrieth und so weiter und so ...

Eines Abends, das war im beginnenden Frühjahr, schlief Adelaide schon einige Stunden. Als nun ihr Gatte, der knapp zwanzig Jahre ältere Daniel Kraihenbieter, recht besoffen - wir müssen das ganz nüchtern aussprechen - aus dem „Schwarzen Adler" heimkehrte, trat er bald auch mit brennendem Kerzenleuchter in das Schlafzimmer. Er zog die Bettdecke von seiner schlafenden Gemahlin, dann das Nachthemd, betrachtete die blühende Mitneunundzwanzigerin und dachte in seinem dunigen Kopp: Appetitlich wie so'n Bäckerswien! Und als seine Frau verwundert blinzelte, ließ er seine Pelzmütze auf die ihrige fallen und sagte als Gemütsmensch: „Nao, hüt laot mi maol dröwer!"

Adelaide Kraihenbieter war völlig durcheinander. So etwas war ja seit ... na, wenigstens seit einem halben Jahr nicht passiert. Nicht einmal zu Weihnachten! Und nun zu nachtschlafender Zeit. Naja: Unverhofft kümmt oft, dat stümmte jao met Danieln nich, dachte sie und räkelte sich zurecht, awer männigmaol eben doch. Man soll die Hoffnung nie aufgeben. Also: nu ok maol tor Abwesslung met'm olln Mann. Kümm rin!

Doch da grinste Daniel Kraihenbieter wie endgültig verblödet, wollte sich ausschütten vor Lachen, hieb ihr noch einmal sien Mütz up'n Buk und rief lauthals: „April! April!"

Dann schmiß er sich voll und in voller Montur in seine Bettstatt, daß alle Holzbretter knirschten und knarksten.

Recht hatte er; Mitternacht war vorüber, alle Glocken von den Türmen hatten es nach und nach bestätigt: jetzt war 1. April.

So wütend war Adelaide Kraihenbieter seit ewigen Zeiten nicht mehr gewesen. Sie war jetzt die Rachegöttin selbst. Das hätte ihr niemand bieten dürfen, aber schon gar nicht der eigene Mann, dieser Döskopp. Sämtliche Männer in Salzwedel leckten sich alle Finger ab, und dieser eklige Grützverköper machte sich auf ihre Kosten lustig!

Als Kraihenbieter anfing zu schnarchen, schlug sie ihn mit Kraft auf den schwabbeligen Bauch.

„Wat is'n?" grunzte es aus ihm herauf.

„Aptheiker Kroosmann hätt mi hüt gut bedeent!"

„Wat hest'n köpt?"

„Nix. Ik heww'n en bütschen dröwer laoten."

„Wat! Unnersteih dik ..." Er versuchte sich vergeblich aufzurappeln: „Ist das wahr?!"

„Un wie! Hei, wie güng dat scheun un fix!"

„Ist das wahr!" Jetzt war Kraihenbieter wach und fürchterlich vergrellt und gnatzig. Das freute Adelaide diebisch. „April, April!" rief sie und schlug die Hände zusammen wie ein glückliches Kind. Das war ja die Gelegenheit, um endlich ihr reichlich angedunkeltes Gewissen wieder strahlend zu polieren! Wunderbar!

„Dann sin wi quitt!" sagte Herr Kolonialwarenhändler und fiel wieder zur Seite und in den Schlaf.

„Offzier von Krawallke, de lange, schwatte, ritt mi bienah jedwerre Woche tweemaol! Härste't?"

„Weib, bist du von Sinnen! Willst du mich zum Gespött der Stadt machen? Ist das wahr oder nicht?!"

O, wenn Herr Kraihenbieter so lange hochdeutsch in seinem Heim vertellte, dann rummelte wat in'n Busch! Immer heftiger kam er in Rage, was seinem Magen auch nicht gerade wohl tat, doch rechtzeitig rief Adelaide laut: „April! April!"

„Dumm Spöl!" brummte der erschöpfte Gemahl nach einiger Zeit: „Nu tähl noch ne Latte von dien ingebillden Leewhaobers up ..."

Und auf so eine großzügige Aufforderung zählte Adelaide alle auf, mit denen sie in den letzten Jahren ihr Vergnügen gehabt hatte. Das war eine Reihe, über die sie selbst erstaunte. Von manchen Mannsbildern hatte sie schon beinah das Gesicht vergessen, aber was sie zum Mann selbst gemacht hatte, das meinte sie noch ganz gut vor sich zu sehen.

„Jao, jao - April, April!" brummte zufrieden ihr Gatte: „un vergiß nich den schwiemelign Organisten und den Landratskandedaten ...!"

Jaja! die hatten ihr ja ganz wie Hänsel aus dem Stall der Hexe ihr Knöchelchen herausgestreckt ...

Indess schnarchte Herr Kraihenbieter die erste Eiche um, die ihm auf seinem nächtlichen Schlafgang im Wege stand.

Nur Adelaide war völlig erleichtert. Jetzt konnte ihr nichts geschehen. Kein Gerücht, das ihren sogenannten Mann erreichte, mußte sie fürchten. Sie selbst hatte ja alles der Ordnung halber dem Ehegemahl gebeichtet. Ihr Herz war rein, jaja. Nun konnte sie eine neue Bilanz eröffnen. Was bisher da auf ihr gelegen hatte, zählte nicht. Und dann fiel ihr ein: Jao! den zukünftigen Landrat, den Landratskandidaten, den kannte sie jao noch gar nicht ... da müßte sich doch auch etwas zusammenschieben lassen ..."

Pilzkunde

Wir gingen hin zu Pfifferlings,
das Moos war sammetgrün und rings
verschwendrisch ausgebreitet.

Du wußtest Stellen tief im Forst
und manchen stillverschwiegnen Horst,
zu dem du mich geleitet.

Zwar blieb die Pfanne abends blank.
Ich stand auf meinen Beinen matt.
Wenn's auch beim leeren Beutel blieb,
wir waren doch beide satt.

Auch einer

Als sich das Fernsehen auch allmählich in der Altmark ausbreitete, saßen Grete Stips und Minchen Troddelmann, zwei Freundinnen seit Jungmädchenzeiten, gemeinsam vor der Flimmerkiste. Die gehörte den Troddelmanns, denn damals war noch DDR, da mußte man sich erst einmal anmelden, um solchen Apparat nach einiger Zeit zu bekommen. Wenn man keine innenpolitischen Beziehungen besonderer Art besaß.

Die beiden Frauensleute stickten sich neue Weihnachtsdecken, draußen stürmte der Novemberregen, ihre Männer, tüchtige Bauern der Genossenschaft Kuhfelde, droschen ihren Skat im „Blütengrund", wo die Blumen zahlreich auf dem einst berühmten Bier Soltmann ut Soltwedel blühten und schnell verwelkten.

Fernsehen bildet auch. Jedenfalls einst so Ende der Fünfziger. Man sah die Welt schwarzweiß, und auch was hinter der dichten Grenze passierte, konnte man erkennen, also noch richtig in die Ferne sehen.

Im Fernsehen spielten sie an jenem Novemberabend einen langen, langen Film, wo Napoleon rumkommandierte, aber auch die Russen waren noch auf Zack, daß die Franzosen eens nach'n annern düchdig wat up'n Nüschel kreegten. Und noch der General Kuttelsoff oder so ähnlich, Mann, war das in der warmen Wohnstube ein Krieg, hin und her, eine Ballerei, die Kanonen kanonten wie närrisch, und kaum war mal Ruhe eingekehrt, kamen auch noch Partisanen. Und diese Partisanen, die sah man gar nicht, die hatten woll vorm Fernseher gewaltigen Schiß.

Deshalb begann Grete angestrengt zu überlegen, während sie eine Weihnachtskerze mit roter Wolle ausstickte, was en Partisan eigentlich wär. En Mann, das war ihr schon klar, awer wat för eener? Und da sie ihre Freundin Minchen lange kannte, und sie voreinander niemals nicht Geheimnisse hüteten, fragte sie also mitten hinein in neues Geknattere im Lautsprecher: „Här maol, Minchen, mik künnst dodslaogn, ik weet nich, wat dat is!"

„Wat denn, Grete?"

„Na, wat die dao ümmerto im Farnsieh seggen!"

„Wat denn?" Und Minchen sah starr auf das Flimmerbild.

„Dat met de Partesan. Nee, ik weet nich, wat 'n Partesan is."

„Ach dat!" machte Minchen entspannt und stickte weiter an einem Tannenzweig auf dem Tuch: „Partisanen, dat mütt' dik so vörstelln, dat sin de Kerls, de so von hinnerrücks kaom ..."

„Wat du nich seegst, Minchen! Wat se awer ok all vör neimodsche Naomens för erfinnen. Dat sin all Partesanen, soso ..."

Und dann ballerten sie weiter im Fernsehapparat, und die beiden Frauen handarbeiteten um die Wette. Doch dann hielt Grete lächelnd einen Augenblick inne:

„Du, Minchen" sagte sie amüsiert: „dann is jao mien Otto ok son Partesan ...!

Einspruch vor dem Amtsgericht

Heinrich Krummtass aus Bückwitz war wohl, was man einen flotten Hirsch nennt, aber er hatte keinen anschlägigen Kopp. Er blieb ein Döspaddel, ein Dämlack, wie's beliebt, wenn man sich auch Mühe gab, um seinen Kürbiskopf einmal mit einem Licht zu erhellen.

Auch in Bückwitz war es einst Brauch (wie überhaupt vom Drömling bis weit ins Braunschweigische hinein), daß die Junggesellen um die Mädchen kabelten. Ich hab eine Klageschrift von einem Landpfarrer aus der Zeit um 1880 gelesen, wo er der geistlichen Oberinspektion in Magdeburg mitteilte, wenn er nur das Wort „kabeln" höre, sähe er den Teufel mit dem Schwanz wedeln, und seine ganze Gemeinde liefe ihm nach, um in die Hölle zu kommen.

Also: in Bückwitz wurde auch gekabelt. Wer eine mannbare Jungfrau gelost hatte, mußte sich nun alle Mühe geben, um sie zur Frau zu machen. Ohne Heiraten, dat versteiht sick jao woll. Und wenn er das nicht fertigbrachte, dann war eine Literpulle Schluck fällig, en orndtliken Schnapsbuddel in'n Kraug, daomet jedwerrer wat von heww.

Da gabs bannig große Hürden vor dem sogenannten Sündenfall, aber jeder wollte eben doch seinen Fahnenstock auf den erstürmten Hügel pflanzen und rufen wie der Swienegel einst in Buxtehude: Ik wär all schon dao!

Freilich gab es im heimlichen Kampf zwischen verteidigter Jungfrauschaft und männlicher Prahlsucht auch Überläufer, Verräter, die sich zum Beispiel bei ihrer Freundin wichtig machen wollten und ausplauderten, welcher Junggeselle welches Mädchen gekabelt hatte. War das dann eine gute Freundin, wurde sie natürlich gewarnt. Dort konnte sich dann solch brunftiger Kerl alle Hörner einstoßen, da kam er nicht an.

In dieser Hinsicht nun war Heinrich Krummtass eher ein Leisetreter. Der machte solch jungschen Kraom wie Kabeln gar nicht erst mit. Er machte lieber auf dem Tanzboden einem Mädchen lange den Hof, er führte sie nach der Musik toll und dreist auf und ab, daß es schon fast wie ein Brautkranztanz aussah. Und dann konnte er eben, weil er da keinerlei Hemmungen besaß, unendlich viel dummen Tünkraom erzählen, alles wat in seinem dösigen Kopp sau dörchenannergewürfelt war, daß auch die Deerns davon ganz dwatsch wurden. Da war es nicht lange hin, dann geigte Heinrich Krummtass noch in selbiger Nacht heididelkandidel seiner Tänzerin ein heimliches Ständchen. Oder zwei. Auch drei. Und da er damit nirgends prahlte wie die Schluckbuddelkerls, merkten selbst die Mädchen nicht, daß Heinrich Krummtass so allmählich alle Jungfern in und um Bückwitz nach seiner Piepe danzen lassen konnte, wenn er Schmack hatte.

Mit Lisbeth Timmschneider hatte sich freilich Heinrich verrechnet. Aus den gewohnten nächtlichen Ständchen war bald eine stundenlange Sinfonie geworden. Sozusagen die Neunte. Und da Lisbeth den Schöpfer dieser wachsenden Komposition kannte, ging sie bald zum Amtsgericht nach Oebisfelde. Heinrich Krummtass wollte nämlich von seiner Schöpfung mit einem Mal nichts mehr hören. Er war auf beiden Ohren plötzlich taub. Ein richtiger Beethoven von Bückwitz. Aber Lisbeth wollte es wissen: Heiraten oder bezahlen.

Heinrich, wenn auch dösig, so doch Bauernsohn, konnte natürlich seiner Sippe zuliebe nicht eine Großmagd aus Diesdorf ehelichen. Auch in der Altmark fielen damals die wurmstichigen Äpfel nicht weit vom Stamm. Der oll Krummtass hatte eben große Rosinen im Kopf mit seinem einzigen Sohn. Dafür hatte er in seinem Schädel auch wirklich viel Raum.

Also gab der oll Krummtass für seinen jungen Springinsnest Heini ein paar Daoler aus, damit er einen Rechtsanwalt hatte, der vorm Amtsgericht die Sache schon zu seinem Vorteil deichseln mußte.

Der alte Rechtsanwalt schärfte vor der Verhandlung Timmschneider gegen Krummtass noch einmal dem jungschen Näspopler Heinrich ein: „Nichts zugeben! Nichts! Gar nichts! Einfach dummstellen!"

Letzteres war gegen Heinrich Krummtass Ehre, weil er ja nicht bemerkte, daß er seit Jahren der Dorftrottel von Bückwitz war.

„Es wird nur etwas", sagte der Rechtsanwalt ahnungsvoll, „wenn das Fräulein Lisbeth Timmschneider zur gleichen Zeit auch mit anderen verkehrte."

„Wat heet verkehrt?" belehrte Heinrich Krummtass junior den alten Mann: „Se steiht doch up' Been un hätt'n Kopp boben!"

„Ich meine den Verkehr zwischen zwei ... zwischen zwei Orten oder Polen, wie Sie wollen."

„Wat förn Verkehr?" fragte Heinrich: „Wi hemm in Bückwitz noch gaor keen Bahnhoff, un süst is se ok nich wegwesen!"

„Daß sie mit anderen Männern ..." Der Rechtsanwalt sah den dösigen Burschen scharf und hypnotisierend an.

„Ach, dat se vöggelt hät, meene Se dat, Herr Rechterwalt?"

„Herr du meines Lebens!" betete der Rechtsanwalt und ließ sich gleich die Rechnung bar bezahlen, ehe sie beide zum Amtsgericht gingen.

Nun ging es los mit der Verhandlung. Der Amtsrichter, sehr erfahren und erprobt in seinem Beruf, sah gleich, was er da für einen Geisteshelden vor sich hatte, und als nun der Rechtsanwalt wenigstens so tat, um den Schein zu wahren, als könne sich sein Mandant Heinrich Krummtass nicht selbst verteidigen und ausdrücken, da wischte er solche Ausflüchte mit der Hand leicht weg. Er fragte schlicht, ob Krummtass den Anspruch der Klägerin anerkenne oder nicht.

„Nee, dat erkenne ik nich an!" sagte Heinrich und stand stramm, als wäre er in Lehrer Lempels Schulstunde: „Da stelle ik mik dumm!"

„Soso!" Der Richter schmunzelte und rieb sich langsam die Hände, denn von dieser dummfrechen Sorte von Burschen und ähnlichen Anklagen hatte er in seinem Leben schon Dutzende vor sich gehabt und hinter sich gebracht. Mit Bravour sogar.

„Ik heww dao sogar een Einrede, Herr Rat!" sagte Heinrich selbstsicher wie alle seines Schlages.

„Einen Einspruch? Das ist ja sehr interessant! Lassen Sie mal hören, Herr ... Herr Krummtass!"

„Ik kann't jao nich jewesen sin, Herr Rat!" Jetzt kam Heinrich erst richtig in Fahrt; mein Gott, was war er auch für'n toller Hirsch hier in Oebisfelde: „Ik kann't nich wesen sin, denn ik heww jao tor glieken Tied ok mit annere noch ... verkehrt!"

Dem Rechtanwalt fiel ein Stein vom Herzen, daß er sein Honorar bereits in der Tasche hatte.

Der Amtsrichter nickte freundlich wie der liebe Gott. Lisbeth Timmschneider mußte trotz allen Kummers ein wenig lächeln: Daß ihr dieser Döskopp lebenslang erspart blieb ...!

„Ihr Einspruch ist abgelehnt. Der Beklagte hat Alimente zu zahlen. Die Höhe umgehend festgesetzt. Die Verhandlung ist geschlossen."

Heinrich Krummtass verstand die Welt nicht mehr: „Herr Rat, ik kann's jao nich gewesen sin, ik heww zur gleichen Zeit ok mit annere ... verkehrt!" Und da de Amtsgerichtsrat sich zum Gehen wandte, rief er, um sich besser verständlich machen: „Hörn Sie doch maol to, ik heww doch tor glieken Tied ok annere vöggelt ... nicht nur Lisbeth!"

Abendgebet einer Bauernmagd

O hilliger Vader Sankt Andree,
ick falle vör di up miene Knee,
si doch von mi nich fern!
Nu ick arme elende Deern
mi legge up miene Fedderpöle,
ach! so bewahre doch miene Höhle
vör des Nachts im Düstern krupen (kriechen).
Der Dinger ein der dree:
Dat Eene is länger as de Twee.
Ach! bewahre mi vör den langen Hänger
un vör de twee Na(ch)dränger!
Dat wollstu don recht geschicklich,
so bliewe ick arme Deern fien süwerlich.

Das gefährliche Anliegen

Zum Glück saß niemand im Wartezimmer von Dr. Kerstenquad in Arneburg, und Oma Wittenheuer fiel der erste Stein vom Herzen. Für den neumodschen Doktors hatte sie gar keine Zeit, denn zu Hause - in Sanne - warteten nicht nur die Appels un Beers auf ihre Kunst des Marmeladen- und Muskochens, ok de Plummens wär'n all riep.

Die ältliche Schwester rief Oma Wittenheuer gelangweilt in das Sprechzimmer, wo der Arzt noch auf dem Schreibtisch, quer vor's breite Blumenfenster gestellt, in seinem Papierkram fingerierte.

„Gu'n Morgen, Herr Doktors!" sagte Oma Wittenheuer etwas unsicher, denn hier war sie noch nie gewesen. Warüm ok? Sie war ja kerngesund. Käs un Brot makt de Backen rot, und Plummenmus ok.

„Guten Tag!" sagte freundlich der Arzt.

Die Sprechstundenschwester trat von einem strammen Bein auf das andere. „Ik mücht Se gern unner veer Ogen spreken!" bat Oma Wittenheuer.

„Aber selbstverständlich!" Der Arzt, ein Mann in reiferen Jahren, stand jetzt auf, schüttelte der neuen Patientin freundlich die Hand und machte einen sympathischen Eindruck. „Danke, Schwester Katrin!"

Das breitbusige Trumm schob sich ohne ein Wort durch die Tür. Da fiel der zweite Stein von Oma Wittenheuers Herzen, na, einer, der größte lag ja noch darauf ...

„Nehmen Sie doch bitte Platz!" Der Arzt las die neuausgefüllte Karteikarte: „Frau Else Wittenheuer. Soso. Wo tut's uns denn weh?"

„Tja, wo's bei Ihnen grade kneift und piesackt, dat weiß ik nich, un ik, ik heww all nix."

„Soso!" machte Dr. Kerstenquad, „Das ist ja schon einmal erfreulich zu wissen. Aber eine Beschwerde müssen Sie ja doch spüren."

„Ik heww Koppweh!" sagte Oma.

„Da können wir ... Da kann ich Ihnen sicher helfen."

„Jao, Herr Doktors, deswegen bin ik kommen: don Sie mik bitte de Anti-Baby-Pille upschreewen!" Das war der dritten Stein; nun war er auch fort.

Der Arzt sah Oma Wittenheuer voll Unglauben an. Irritiert sagte er nach einer peinlichen Pause: „Sie sind ... sechsundsechzig Jahre, Frau Wittenheuer, und wollen die Pille für sich?"

Oma Wittenheuer nickte eifrig: „För mien Koppweh."

„Aber gute Frau Wittenheuer, da nimmt man doch ganz andere Medikamente, auf keinen Fall eine Anti-Baby-Pille. Das wäre ja ganz etwas Neues!"

„Awer wenn't ik de nich kreeg, künn ik ok nix för mien Koppweh don, Herr Doktors, da hülpt mi nix, gaor nix, künn Se mi glöwn!"

„Merkwürdig", sagte der Arzt nachdenklich und verschränkte die Arme vor seiner Brust: „Sie schlucken also diese Pillen und schon ..."

„Schlucken nich, Herr Doktors, ik dreihe de Dinger ierst dörch mien oll Kaffeemöll, dat se all fien gebröselt sin."

„Das kann ich nicht glauben!" sagte der Arzt und wurde zusehens nervöser: „Und dann?"

„Denn rühr ik allens in't Appelgelee orrer Plummenmus, wat eben tom Fröhstück up'n Disch kaom."

„Und davon sollen ihre Kopfschmerzen verfliegen?!" wiederholte Dr. Kerstenquad erregt, denn das Ganze hatte er immer noch nicht in seinen gebildeten Kopf untergebracht.

„Jao, denn bün ik 'n ganzen Daog krüzfidel."

„Aber warum muß denn die Pille erst in der Kaffeemühle zerkleinert werden, Frau Wittenheuer? Man kann sie doch auch unkompliziert mit dem Kaffee hinunterspülen."

„Miene Enkelin drinkt awer schwatten Tee!" Oma Wittenheuer kicherte vergnügt wie über einen gelungenen Scherz.

„Ja, Sie sagen doch, daß Ihre Kopfschmerzen abklingen. Was denn nun um Himmels willen!"

„Die Pille gew ik heimelig miener Enkelsdochter Heidi. Söbteihn is dat Mäken, kiekt awer inne Welt wie achtteihn. Un Sie weeten jao ok, Herr Doktors, wat de Mannsbilder so vör sick hen singn: Im Wald un up de Heidi ... un so bumsvallera. Un wat se söken, finn' se ok mehrestenteils. Un dao soll so'n jung Mäken wie uns Heidi nich schon morjen ... na, Se versteihn all woll, Herr Doktors. Un da gew ik ihr de Pille morjens met mien gode Marmelade."

„Und Ihre Kopfschmerzen?"

„Heww ik doch seggt: fort sin se denn all. Uns Heidi künn nix passeern, un Spaoß kann se doch hemm."

Der Eiermann

Einst kam ein Bauer aus Butterhorst auf den Wochenmarkt in Kalbe an der Milde, hab ich gehört, und bei ihm zu Hause gab es ständig Krach und Streit. Er investierte eben einfach zu viel Geld in Schluck und Bier, wie man heutzutage sagt; damals hieß das schlicht - er soff wie ne Ihle (= Blutegel).

Die erboste Frau hatte den Trunkenbold nachts nicht ins Haus gelassen. Er schlief im Freien, wachte völlig verkatert auf, und dazu keinen Pfennig in den Taschen. Als er unweit des Hauses in die Brennesseln pinkelte, entdeckte er zwei Eier.

Man kennt das ja: auch die klügsten Hühner legen manchmal in die Brennessel.

Nun war der hungrige Butterhorster auf dem Wochenmarkt, schaute sich verdrossen um: was sollte werden?

Ein Händler, der ihn gut genug kannte, rief voll Spott ihm zu: „Na, Kaorl, wat hest denn to verköpen?"

„Künnst miene twee Eier hemm", sagte der ausgesperrte Ehemann, „awer nur tom ehrliken Preis!"

Alle Umstehenden lachten schallend über diesen gelungenen Witz, auf den allerdings der spottlustige Händler sofort einging mit dem Angebot: „Affmaokt! För een Ei een Daoler, för twee van di twee Daoler!" Und die Umstehenden rief er als seine Zeugen an. Nochmehr Allotria!

Der verkrachte Bauer aus Butterhorst griff in seine Hosentasche, und er wühlte lange und tief darin umher, eher er mit sichtlicher Mühe tatsächlich unbeschädigt zwei Hühnereier herausholte und dem Händler hinhielt.

„Soo nich, mien Leewer!" wehrte jetzt der Geprellte lauthals ab: „Ick heww dien Eier hemm wölln, nich van dien Höhner!"

„Di gift et för een Stück dusend Daoler ... Ick will nu mien twee Daoler!"

Zwar sträubte sich der vorwitzige Händler nun noch einige Zeit vor dem Bezahlen der teuren Eier, aber sämtliche Zeugen waren gegen ihn. Der Eiermann aus Butterhorst aber konnte sich erst einmal wieder einen wärmenden Schluck genehmigen. Jaja, der Trunk nimmt die Sorgen, - aber nur bis morgen ...

Etwas mit Äpfel und Birnen

Da war ein Herr Amtsverwalter in Aulosen, glaub ich, der hatte eine ausgesprochen gutgebaute Frau. Von vielen Männern wurde er sehr beneidet. Ne blinn' Henn fin't ok'n Korn. Aber das blieb ein dürftiger Trost.

Eines schönen Tages mußten nun Tewes Teerstäbel und Klaus Fleegenhut, jungsche Kerls, das Strohdach eines Kuhstalles wieder zurechtflicken, der gleich am Amtshausgarten steht. Der Sommertag war sehr heiß; wenn man genau nachrechnete, dann war's schon der elfte heiße Sommertag. Über eine Woche kein Wölkchen, über eine Woche kein Regentröpfchen. Man hielt das kaum noch aus.

Die Frau Amtsverwalter auch nicht. Deshalb ließ sie sich einen Zuber unter den schattigen Birnbaum stellen und mit Wasser füllen. Und da jetzt nur noch die Magd in der Küche herumpolterte, der Herr Amtsverwalter auch längst nach dem Mittagessen in seine Amtsstube zurückgekehrt war, niemand sonst im Garten zu tun hatte, badete die Madame ausgiebig, um sich zu erfrischen. Und dann legte sie sich zum Trocknen in den Schatten.

Von seinem Arbeitsplatz auf dem First des Kuhstalles konnte Tewes Teerstäbel unverhofft die auch von ihm reichlich bewunderte, aber sonst weit entfernte Schönheit in ganzer Pracht betrachten. Da wurde ihm hübsch schwiemelig. Er winkte seinem Mitarbeiter zu, der endlich herangekrochen kam.

„Kiek maol!“ flüsterte Tewes nur, und schon mußte sich Klaus Fleegenhut an der nächstbesten Dachlatte festhalten, sonst hätte er dat Öwergewicht bekommen und wär glatt hinuntergerauscht durch den Birnbaum neben die nackte Amtsdame.

„Die künnt ik woll all neunmaol!“ sagte Tewes aus voller Überzeugung.

„Wat? Neunmaol?“ empörte sich Fleegenhut.

„Glöwst' nich, wat?“ trumpfte Tewes auf und war schon voll im Vorgefühl, gut im Stand zu sein.

„Nee, nee! Dreemaol woll, awer nich ...“

„Jao, du Slappstert, awer ik neunmaol, neunmaol minnestens!“

Inzwischen stritten sie auf dem Strohdach so laut, daß die Frau Amtsverwalterin, die ja nur die Augen geschlossen hielt, genau erfuhr, worum es denen da oben ging. Anmerken ließ sie sich gar nix, sondern stieg wieder in ihren Zuber. Freilich drehte sie jetzt den heimlichen Tokiekers ihren schönen Rücken zu, denn sie sollten ja nicht vom Dach herunterfallen. Dann tänzelte sie wie eine Stute ins Haus zurück.

Nach einer guten Stunde, darauf kommt es aber gar nicht an, ließ die wunderbare Amtsverwalterin diesen Tewes Teerstäbel zu sich in den Garten rufen, sagte ihm frei weg, sie hätte alles genau gehört, womit er geprahlt. Wehe ihm, er hätte nur angegeben! Neunmal! Wie die Kegel im Spiel. Also nach dem ersten Kegel den zweiten aufstellen, dann den dritten und immer so weiter bis zum letzten. Und dann bekäme er auch ein Preisgeld dazu: nen Daoler.

Der Tewes, das soll er später gesagt haben, war von solcher Aussicht gleich außer Rand und Band, doch eine innere Stimme, die es ja auch hin und wieder gibt, warnte ihn. Da war ja gestern abend wohl noch Anneken gewesen ...

„Jao!" versprach deshalb Tewes selbstbewußt: „Morjn denn kümm ik neunmaol um düsse Tied."

„Na, fang man leewer noch ne Stunn tovör an", sagte Frau Amtsverwalterin und lächelte so merkwürdig.

Auch der nächste Tag war blanker Sonnenschein. Die Magd wurde nach Scharpenhufe geschickt, die Haustür abgeschlossen, und dann stieg Tewes Teerstäbel voller Tatendrang zunächst über den Gartenzaun und dann über sein neues Paradies. Wer enns bien Schinken geith, geith ok öfters bie. Also den ersten Kegel aufstellen, den zweiten. Dat ging ja dörch wie Poppenspälers Hunn! Man hin mit Kegel drei, aber der vierte wollte schon nicht mehr so wie Tewes. Der nächste Kegel fiel schon um, bevor noch die Kugel auf die Bahn kam.

„Nu los mit'n Fünften!" sagte die Frau Amtsverwalterin recht quietschvergnügt und räkelte sich wie ne Ringelnatter, wenn Hanodder (Storch) ihr mit dem Schnabel etwas will.

Der sechste Kegel endlich, der machte das Spiel gar nicht mehr mit. Der hatte seinen eigenen verflixten Kopf, und den ließ er hängen. Da halfen weder aufmunternder Zuspruch noch ein Stoßgebet.

Die Frau Amtsverwalterin zog sich an und sagte ziemlich schnippisch: „Tjao, et is ümmer beter 'n Sperling in'n Sack, as ne Duwe up't Dack."

Als nun aber der unkluge Tewes auch noch auf seinen Taler Preisgeld bestand, da wurde die Frau laut und frech und spotete: „Neunmaol! neunmaol! wo war denn nu neunmaol?!"

Da kam wie immer rein zufällig ihr Mann ins Haus. Kaum hatte er die Tür aufgesperrt, hörte er die gellende Stimme seiner Frau und den Streit um so etwas wie Neunmaol. Schon war er im Garten.

„Dag ok, Herr Amtsverwalter!" sagte Tewes und prüfte schnell seinen Hosenstall.

„Was gibt es denn hier zu streiten?" fragte der Herr Amtsverwalter gestrenge, während es sich seine Frau in ihrem Stuhl bequem machte und mucksmäuschenstill blieb.

„Wi hemm 'ewettet, Herr Amtsverwalter", sagte Tewes: „Ik heww meent, dat ik von düssen Beerbom neun Beern met neunmal werpen runnerhaoln künn. Un wenn ik dat do, Herr Amtsverwalter, denn woll mik de gnädge Madame dann nen Daoler gewn."

„Stimmt das, Marie Luise?"

Was sollte die Frau da antworten. Sie schaute arglos in den blauen Himmel und nickte nur.

„Und was nun noch?" fragte herrisch der Herr Amtsverwalter.

„Nao, ik heww glieks fief Beern hinnernander affsmeetn, doch denn sin de nästen von alleen runnerfallen, da sin woll Würmers in wesen. Un nu will mik de gnädge Madame nich den Daoler gewen. Ik kann jao nix dafför, dat da tom Schluß allet von sülwst runnerfiel."

„Ist ja gut!" sagte der Herr Amtsverwalter mit Verdruß: „Aber Spielschulden sind Ehrenschulden, Marie Luise. Also: hier ist der Taler, Tewes, und nun ab mit dir an die Arbeit. Und wenn meine Ehegemahlin das nächste Mal wieder wünscht, daß du ihr Birnen pflücken sollst, dann laß das dumme Wetten und Steinwerfen, sondern steige gleich für sie hoch!"

Johann Mathias Dreyer

Trinkspruch

1763

Bei klingenden, bei vollen Gläsern
trink jeder auf das Wohlergehn
von allen Ehestandsverwesern,
die recht ihr Werk verstehn!

Drei Gänse im Korb

Das ist nun auch schon in uroller Tied passiert: In Seehausen war Markt. Und ein Bauernsohn aus Groß Beuster, der hatte mal aufgeschnapt, in der Stadt wären die Weiber besonders scharf auf solch einen stiefen Kerl, wie er einer war. Und da wollte er sich selbst einmal genauere Kundschaft von dem verschaffen, was in den Stadtschen für geheime Temperamente versteckt waren.

Vor Tau und Tage machte er sich auf, und er kam mit drei Gänsen im Korb in aller Herrgottsfrühe durch das Beuster Tor nach Seehausen. Wie er nun so zum Markt schlenderte, guckte eine Frau aus der Haustür (eine richtig stramme, rund wie ne Amme) und wollte wissen, was denn eine solch gute Gans kosten sollte.

„Tja!“ sagte der junge Bauer und kratzte sich ersteinmal hinter jedem Ohr: „Ik will't se nich verköpn ...“

„Ach so!“ sagte die stattliche Frau und wollte wieder zurück ins Haus.

„Nee, ik will't se jao ...“ Nun fiel ihm in der Eile nicht ein passendes Wort ein. Vor allen wußte er gar nicht wie die Stadtschen, die ja immer de Näs höher trugen als die Dörpschen, wie die also dies beliebte Hin und Her zwischen Frau und Mann eigentlich nannten. Rechtzeitig fiel ihm aber noch etwas ein, und er sagte lächelnd: „Ik will't de Gös gaor nich verköpn, ik will't se man jao - verbuhlen.“

Zwar hatte die runde Frau die Sache sofort verstanden, aber sie ließ sich das noch einmal erklären, dann zog sie den willigen Burschen schnell in den Hausflur. Und da Mann und Magd bereits zum Markt waren, ging es schnurstracks in die Küche. Dort nahm sie schnell den Wassereimer von der Küchenbank, und schon ging's auf der man immer lang hin. Die drei Gänse steckten ihre Hälse aus dem Korb und wußten nicht, wat se von den wilden Dröwerhin un Öwernander halten sollten; sie hielten ihren Schnabel. Und nach einer flotten Viertelstunde hatte die Seehäuser Frau außer ihrem Spaß auch noch eine fette Gans. Morgenstunn hatte maol nich nur Gold im Mund ...

In solchen Gassen Seehausens standen die Häuser dicht. Jede Hausfrau wußte, was die Nachbarsche zu Mittag kochte. Und als nun der Mann aus Beuster, recht angetan vom ersten Erlebnis mit einer Stadtschen, aber nur noch mit zwei Gänsen wieder auf die Straße trat, wußte die Frau gegenüber Bescheid. Auch sie mußte nun eine Gans haben. Das konnte sie sich schließlich auch leisten. Die Nachbarin, ein schwarzhaariges Teufelsweib, winkte den Verkäufer heran.

„Nee, Daolers will ik nich daför, hew ik ok genug“, sagte der Mann, „Ik will de näste Gös verbuhlen!“

„Verbuhlen?“ fragte die Nachbarin überrascht und leckte sich schon die geschminkten Lippen. Dabei rechnete sie schon den Preis aus, den ihr Mann dann auf den Tisch legen mußte, den sie aber allein nach Lust und Laune für sich ausgeben würde. Sie riß den Gänseverkäufer ins Haus, riegelte die Tür ab und stemmte schon die Arme auf die nächste Truhe. Auch das hatten die beiden Gänse noch nie gesehen, und waren doch schon so alt und gut fett geworden. Nee, wat man nich allens in't Stadt to kieken kreegt! Und wuppheidi! da wurde schon wieder eine Gans aus dem Korb genommen und in den Hühnerstall auf dem Hof geworfen. Als die Nachbarin zurückeilte, fragte sie nach einem kleinen Draufgeld. Nagut, dachte der Bauernsohn ...

Als der Gänseverkäufer wieder auf der Straße weiterging, fühlte er sich nicht mehr so kräftig auf den Beinen. Natürlich kam das vom weiten Weg durch den Morgen. Aber nicht nur davon. Er kaufte sich auf dem Markt eine fettriefende Bratwurst und eine Kanne Bier. Dann suchte er sich einen Grasfleck im Schatten der Stadtmauer, er aß und trank und schlief bald fest ein. Ja, das war ja eine schöne Abwechslung mit den Stadtschen, aber, wenn er sich recht überlegte, anders als in Groß Beuster machte man es hier auch nicht; es war sogar dieselbe Anstrengung.

Um die Mittagszeit wachte der Bursche gekräftigt auf, nahm seinen Gänsekorb und fand bald ein Wirtshaus. Der Gastwirt und sein Knecht schenkten heute auf dem Markt aus. Die Gaststube war leer, wenn man von den vielen Fliegen absah. Als die Wirtin das Bier brachte, sah sie die gute Gans. Geschäftstüchtig wie sie war, wußte sie, daß mit dem Martinsvogel gutes Geld verdient werden konnte, vorausgesetzt:, man kaufte ihn recht billig ein.

„Ik will't de Gös nich verköpn", begann der junge Bauer sein Sprüchlein und grinste vor Wohlbehagen angesichts der rundbrüstigen, forschen Wirtin. „Ik will't se man blot verbuhlen."

„Un dafÖr kreeg ik de Gös?"

„Nanu! wat'n Mann ut Beuster seggt, darto steiht he ok!" sagte er und wies wohlgemut daraufhin, daß er längst bereit war.

„Awer nich to schnell!" verlangte die Frau und sprang ganz atemlos die Kellertreppe hinunter, und da lag ein bequemes Faß, und schon wurde ein nächstes Fäßchen angestochen. Und da noch immer kein Glöckchen oben im Flur bimmelte, um einen neuen Gast anzumelden, ging das Glöckchen im Keller umso länger.

„Noch mal, Kerl!" forderte die Wirtin und jammerte fast, daß der Bauernbursche seine Gans vielleicht zu billig weggab, „Dat is doch ne janz janz gude Gös!"

Na, da wollte sich der Gänseverkäufer aus Groß Beuster auch nicht dreimal bitten lassen. Aber dann war die Gans verbuhlt. Schluß! sonst kam er gar nicht wieder auf die Beine und zurück nach Groß Beuster, seinem Heimatdorf in der Elbaue.

Inzwischen pfiff die Wirtin wie der Pirol sein Schult von Tülau in der Küche und stach die Gans ab. Sie wußte nicht, daß der junge Mann noch einmal in die Gaststube gegangen war, um sein Bier auszutrinken. Nun kam der Wirt zu ihm, der gute Geschäfte gemacht hatte, gute Laune hatte und gleich erfuhr, daß seine Frau eine ordentliche Gans gekauft hätte. Der Verkäufer wartete nur noch aufs Geld.

„Du hest ne Gös anschafft?" rief der Gastwirt zur Küche hin.

„Heww ik, Mann!" Da zahlte der Wirt den Preis, und der junge Kerl ging schnell davon, ohne sein Bier auszutrinken. Nun hin zu dem schwatten Düvelswief! Deren Mann, ein sprillriges Männchen von einem Schneider öffnete mißtrauisch die Haustüre, fragte seine verwirrte Frau, ob sie von diesem da eine Gans gekauft habe.

„Hew ik!"

„Un betaohlt?"

„Betaohlt? Nee, ik heww ..."

Der brummende Mann bezahlte, und der Gänseverkäufer kehrte sich zur gegenüberliegenden Tür. Die Frau öffnete und war sehr erschrocken und durcheinander, als nun auch noch ihr leicht angesäuselter Mann, ein Schuhmacher, vom Markt heimkehrte.

„Kreeg hei noch Geld von dir, Fru?" fragte er ahnungsvoll.

„Ik weet nich ..."

„So is se ümmer!" sagte der Schuhmacher gutmütig: „Weet nich, wat se köpt hett!"

„Ne fette Gös!" sagte der Mann mit dem leeren Korb.

„Dat is doch maol wat Hannfestes!" sagte der Mann und bezahlte großzügig, da er gute Geschäfte auf dem Markt getätigt hatte.

Stolz wanderte der Gänseverkäufer wieder durch das Beuster Tor aus Seehausen. Das sollte ihm erst einmal jemand nachmachen. Drei nackige Damens aus der Stadt mit drei fetten Gänsen aus dem Dorf ordentlich gerupft, und alles mit guten Talern auch noch bezahlt bekommen. Jao, ut Annern ehrn Rüggen is god R(i)em sniedn ...

Zugvögel

Die Vögel ziehn wie ein Zirkus davon
und die Campinggemeinde vom See.
Auf stürmischer Spritztour erreicht uns der Herbst
mit seinem goldgelben Spray.

Nur im Wäldchen hinter dem Internat,
vor dem die Flatterhemdchen wehn,
sind alle Blätter so unverschämt rot
von dem, was sie sommers gesehn.

Schnell, schneller, am schnellsten

Ein Bauer, der vor einigen hundert Jahren wohl in Kloster Neuendorf lebte, wenn ich's recht behalten habe, also dieser Bauer hatte drei Töchter. Und noch alle auf seinem Hof. Die Mutter war längst über den gespenstischen Nobiskrug bei Neuferchau in'n ollmärkschen Himmo gelangt. Eine gute Seele, und über solche ist im allgemeinen kaum etwas überliefert. Aber nun die Töchter:

Die Älteste hätte längst verheiratet sein müssen. Ein rechthaberisches Weibsstück. Die Männer, die sich anfangs zahlreich auf ihrer Weide einfanden, um einen munteren Frühling zu erleben, hatten schnell das Maul voll. Wenn die Älteste später behauptete, es seien allesamt Spieler gewesen, die gar nicht Orgelmusik verstanden, weil die Pfeifen nichts taugten, so stimmte das nicht; es lag auch an ihren Blasebälgen.

Die zweite Tochter jenes guten Bauern in Kloster Neuendorf war eine große Schwätzerin vor dem Herrn. Ließ sich ein Mannsbild mit ihr ein, ersoff er in ihrem Schwall von Worten. Wer sein Wanderziel bei ihr suchte, dem erging es wie jenem Reisenden, der nach Rostock wollte und sich in der Lüneburger Heide verirrte. Er kehrte unverrichteter Sache zurück und behauptete, in der Lüneburger Heide gäbe es gar kein Rostock.

Und nun noch die Jüngste! Die konnte nicht nur unentwegt tratschen, sie hatte es auch noch faustdick hinter ihren hübschen Öhrchen. Sie war so schlau verschlagen wie alle übrigen zusammen.

Der Bauer hatte die Mitgift, die damals nun einmal notwendig war, nur für eine Tochter zusammengekratzt. Nu biet hei sien Deerns ut as suer Beer. Doch, man kennt das ja auch heute noch, die Kerls wollten auch blanke Taler auf die Hand.

Was noch viele Worte machen: das Geld reichte für nur eine Tochter, doch alle wollten einen Mann. Die Älteste kam in Frage, wenn es noch Ordnung und Recht im Schweinestall gab. Das wurde nicht billig. Man mußte genügend Speck dranwenden, um die Überreife zu verdecken. Die mittlere Tochter nörgelte auch bis zur Unausstehlichkeit. Und bei der Jüngsten standen noch die Freier Schlange, aber sie war ständig bemüht, die Schlangen einzuschränken. Hoffentlich ging das nach neun Monaten nicht schlimm aus!

Der Bauer machte eines Tages diesem Ärger ein Ende und bestimmte: „De Dochter, wecke toierst ehr Hänn trockn hätt, de kümmt toierst in't Brutbedde!"

Auf sein Wort hin mußten die drei Mädchen ihre Hände in den Brunnentrog tauchen, hielten sie in den blanken Sonnenschein, damit sie am schnellstens trockneten. Die beiden Älteren drehten Hände und Arme geduldigt im wärmenden Licht wie eine Gans am Bratspieß. Doch die Jüngsten war ut'n Hüseken! Sie weinte, sie schlug mit den Armen um sich und rief immer: „Nee, Vadder, dick will'k nich verlaotn! Nee, nee, mien leewer, armer Vadder!" Und schon waren ihre Hände und Arme trocken. Donnerschlag!

Nun stand fest, die jüngste Tochter würde zuerst heiraten. Die Verliererinnen keiften: Die Jüngste hätte wieder betrogen und gelogen, denn dieses Herumwedeln mit den Armen, dieses wilde Hin- und Herschlenkern hätte sie ja nur gemacht, damit die Hände schneller trocken wurden.

Der geplagte Bauer aus Kloster Neuendorf hörte sich dieses unentwegte Keifen länger als ne Piep Tobak an. Dann hatte er genug,, holte seine Nachbarn auf den Hof und bestimmte sie zu Schiedsrichtern. Welche Tochter die richtige Antwort jetzt geben könnte, die bekäme die Mitgift und Schluß dann mit aller Rederei.

„De Frag wär nu: Wat wässt am dollsten in ne kort Tied?"

Die Älteste war zuerst dran. Sie besann sich lange und sagte schließlich überzeugt: „En Kürbis!"

Alle warteten nun auf die Antwort der mittleren Tochter. Vor Aufregung war sie richtig rot im Gesicht.

„Am dollsten wässt", sagte sie, „wässt de Hoppen (Hopfen)!"

Die Nachbarn sahen sich an, nickten: jao, dat wär woll beter!

Und nun die Jüngste! Die guckte frech wie ein Kückerdief (Habicht) in die Runde und sagte laut:

„Am schnellsten wässt", antwortete sie, „de Stert an Schultens Knecht Jan!"

Da riefen alle anwesenden Mädchen und Frauen wie aus einem Munde: „Stimmt! se hat 'ewunnen!"

Und dem Bauern soll vor Schreck die Piep ut'n Mul fallen sein. Den übrigen Männern von Kloster Neuendorf, die da standen, erging es ähnlich ...

Letztes Andenken

Willem Hußfeld war um 1900 wohl sommers Maurer und winters Hausschlachter in Binde, einem lieblichen Ort, wo noch heutzutage an der Hauptstraße an einem Haus zu lesen ist: „und laß mich stets mit wahrer Lust der Liebe Pflichten üben".

Willem war zeitlebens immer ein fleißiger, braver Mann, kam bestens mit seiner Hermine aus, aber Kinder hatten sie, glaube ich, nicht; ist mir jedenfalls nichts davon erzählt worden. Naja, in Kaulitz soll ein Bengel rangewachsen sein, der ihm immer ähnlicher sah, in Mechau auch, in Vissum, Kerkuhn ... ach, was soll ich alles herzählen, es hat ja man mit der Geschichte nur auf Umwegen zu schaffen.

Sei es drum: Nun war Willem Hußfeld tot. Nichts Schlechtes über ihn. Hermine fand sich nicht schnell wieder in ein geordnetes Leben. Sie war schon immer ein bißchen wunderlich, die Gedanken durcheinander wie ein Mückenschwarm. Irgendwie bemerkte sie eines Tages, daß ihr Lehnstuhl, auf welchem sie stundenlang am Fenster saß, um alles in Binde zu beobachten, sich verändert hatte. Meinte sie jedenfalls. Und fuhr zum Doktor nach Arendsee.

„Ja!" sagte der Doktor teilnahmsvoll: „so ein Verlust ist schon ein schwerer Schlag, Frau Hußfeld."

„Ach, Herr Dokter, dat geith voröwer!"

„Jaja, aber ist es nicht doch eine einschneidene Zäsur im Leben?"

Hermines Augen wurden groß und größer: „Wat nu noch förn Cäsar, um Himmels willen?"

„Ich meine ...", der Arzt räusperte sich mühsam aus seiner vornehmen Sprechweise heraus: „Es ist doch eine spürbare Veränderung in ihrem Leben ... dieser plötzliche Abtritt, ich meine dieser Hintritt, Dahintritt ins ins..."

„Jaojao", sagte Hermine eifrig: „Dat ierste Wehdon is nu schon dao, Herr Dokters, awer an eene schenierliche Stell, doch Se sin jao man ok schon 'n ollen Kerl, denk ik mi maol."

„Oho!" sagte der Mediziner und putzte irritiert seine Brille.

„Ik mein jao man nur, wejen dat Vertraun zu Sie!"

„Das weiß ich sehr zu schätzen, Frau Hußfeld, äußerst sehr ... sehr ... Was wollen Sie mir nun denn zeigen? Wo ist das Wehwehchen?"

„In'n Hinterbacken."

Und schon bückte sich die eilfertige Patientin. Und da auch sie eine abgehärterte Altmärkerin war, wie es sie früher landauf, landab dörferweise gab, trug sie unter dem schwarzen Kirchgangsrock nur noch einen langen Unterrock. Nachdem beides in die Höhe geflogen war, wußte der Herr Doktor im ersten Augenblick gar nicht, wo er sein Hörrohr ansetzten sollte. Doch er erinnerte sich: An oll Hüser un oll Wiewer is ümmer wat to flicken, also griff er beherzt mal in diese Backe, mal in jene und fragte, ob's wohl weh tat.

„Nee, Herr Dokter, man mehr innewendig."

„Aha!" machte der Arzt vielsagend, wußte aber nicht weiter mit dieser plümeranten Patientin. Als er nun zum Rezeptblock griff, sah er aber unterhalb der Hinterbacken, eng zusammen, doch auf jeder Seite je eine

Schwiele, wie er sie noch nie beobachtet hatte. Vorsichtig befühlte er das Hornhautartige und fragte, ob denn hier womöglich die Beschwerden wären.

„Nee, nee, Herr Dokter!“ sagte Witwe Hußfeld völlig überzeugt: „Dat werd sick nu langsam von sülwest gebn!“

„Aber was ist denn das?“

„Dat is doch noch vom Büdelslag von mien seljen Willem.“

Darauf soll der völlig konfuse Doktor etwas auf das Rezept gekritzelt haben, was auch der geübte Apotheker nicht entzifferte, weshalb er Frau Hußfeld, um nichts falsch zu machen, eine Schachtel Pfefferminzbonbons in die Hand drückte. Und damit saß es sich wieder prima auf dem Lehnstuhl in Binde.

Last und Lust

Oberst von Pustblum soll einst mit seinem Stab im „Schwarzen Adler“ zu Stendal diniert haben. Zwangsläufig tranken alle in aller Form einen und mehrere über den Durst. Manche waren noch angeheitert, andere schon weit vorangekommen auf dem krummen Weg ins endlos Blaue. Und unterwegs gerieten die Herren irgendwie in ein bald äußerst hitzig geführtes Kolloquium. Letzteres Wort ist wahrscheinlich in diesem Zusammenhang fehl am Platze, da es niemand in jenem Kreise zum erzählten Zeitpunkt noch ordentlich aussprechen konnte.

Jetzt hätte ich beinah das Thema unterschlagen: Es drehte sich sowieso bei den meisten schon alles und im Speziellen um die bewegende Frage, ist der Liebesakt an sich und so weiter eine Last oder ein unausgesprochenes Vergnügen? Steht man eine kräftezehrende Arbeit durch oder unterliegt man lediglich nur willenlos einer Verführung zu beschwingter Lust?

Die Meinungen wogten so hin und her wie sonst nur die ausladenden Hinterbacken der Frau Oberst, was freilich niemand aussprach.

Ob des genossenen Rotweines und dieser unausgewogenen Meinungen wurde es in Herrn Oberst von Pustblum sehr konfus. Er war auch sonst ein Mann, dem eine einseitige Meinung noch etwas galt. Schwarz oder weiß. Preußisch, mit einem Wort. Freund oder Feind. Kopf oder Zahl. Vergnügen oder Arbeit. Man kennt das. Und nun gab es auf einmal keine Fronten mehr. Da war einer für Last, dort einer für Vergnügen, hier für Lust, andere für Last. Halb und halb. Nichts! Ein Unparteiischer mußte mit einem Machtwort diese Unentschlossenheit im Stab beenden. Kategorisch. Am besten natürlich der Kaiser, doch Wilhelm Zwo war gerade nicht im „Schwarzen Adler“ zu Stendal. Also rief Herr Oberst in Ermanglung Seiner Majestät nach seinem Burschen. Ein treudeutscher Mann aus der weiteren Umgebung von Königsberg. Namens Matulskibaboschkin, wenn ich mir das richtig gemerkt habe. Sagen wir der Einfachheit halber: Albert.

Albert kam und versuchte zu salutieren. Auf jeden Fall hatte er nicht damit gerechnet, in dieser vorgeschrittenen Nacht auch noch komplizierte Debatten der Herren Offiziere durch seinen Redebeitrag zu bereichern. Außerdem gefiel er wohl der Kellnerin Martha gut. Sie hatte ihn auf Kosten höherer Kreise gut versorgt im Vorraum zur Küche. Na, er stand ja auch noch ziemlich kerzengerade.

Albert hatte Mühe, die Fragen von Herrn Oberst zu begreifen. Arbeit oder Vergnügen? Gottchen, solche vielosaufischen Fragen legte man sich in seiner schönen Heimat nie vor. Und nun noch dieses Drängen in Herrn Oberst. Jungchen, hatte ihm sein geliebtes Väterchen auf den Weg ins Militär mitgegeben: Jungchen, wenn du mal den Kopp in der Schlinge fühlst, denn sag die Wahrheit, der Kaiser kommt doch hinter allens.

„Arbeit oder Vergnügen?“ fragte Oberst von Pustblum sternhagelvoll.

„Melde gehorsamst, Herr Oberst, bei der Frau Oberst is es Arbeit, mit ihre Töchters macht es Verjnügen!“

Friedrich Wilhelm Albrecht

Arbeit un Gesang

1817

„Grön is de Hoffnung!“
sung ne Fru up grönem Roasen.
(Just sett se grönes Band
up ehret Mannes Hoasen.)

„Er liebt mich . . . er liebt mich nicht . . . er liebt mich!“

Die Nixe am Bach

Fabrikant Waldemar Speckhuhn - manch einer kennt ihn vielleicht noch-, der einst in Bismark mit seiner Schmierseifenproduktion bannig viele Mäuse kassierte, ließ sich ja dann eine richtige Villa bauen. Mit Erker und Giebelchen, mit einem Balkon samt Säulen und der Freitreppe auch. Und damals, Anfang der zwanziger Jahre, wenn mir das richtig berichtet wurde, stand das Anwesen noch weit von der Altstadt, draußen nach Kalbe hin. Da war Bauland spottbillig, und Speckhuhn nahm gleich noch ein Dutzend Hektar dazu. Da konnte ein Park heranwachsen.

Der Herr Fabrikbesitzer war längst Witwer. Heiraten brauchte er nicht. Fürs Grobe hatte er eine Köchin, fürs Feinere eine Hausdame. Letztere angeblich aus Berlin. Aber es war wohl nur ein lausiges Dorf in der Nähe der Kaiserstadt, wohin die Siegessäule womöglich nachts ihren Schatten noch hinwarf. In Potsdam lebte sie später als Kellnerin, fand zwar viele Liebhaber, doch keinen Hotelbesitzer zwecks Verehelichung.

Waldemar Speckhuhn war ein damals bekannter Kunstsammler. Er pflegte seine Vorliebe für das Barocke. Man denke nur an den Balkon. Auch wer seine Hausdame Emilia Schmandfeld erblickte, erinnerte sich an Peter Paul Rubens. Der Fabrikbesitzer sammelte also hingebungsvoll gute Holländer, und er behauptete stets, ein alter Rembrandt sei ihm lieber als ein frischer Gouda. Wenn nun auch keineswegs sämtliche Gemälde, mit denen er seine Villawände tapezierte, von Rubens oder Rembrandt gepinselt waren, so waren doch manche - wie man so sagt - den Meistern sehr nahe. Andere waren einfach schön. Und alle kosteten ein hübsches Stück Geld. Übrigens hieß der scharfe Schäferhund Raffael.

An dem Sommertag, von dem es zu berichten gilt, war Speckhuhn wieder auf Bilderjagd in Amsterdam, die Köchin bei ihrer Mutter in Arendsee, Hausdame Emilia allein in der abgelegenen Villa. Raffael lag hinter dem schmiedeeisernen Parktor, verdaute Innereien, die vordem eine Kuh am Leben gehalten hatten, und döste vor sich hin, den Kopf auf die Pfoten gelegt.

Da hielt ein Automobil vor dem Eingang. Ein junger, hochgewachsener Mann, angetan mit künstlerisch marmorierter Weste überm weißen Oberhemd und Knickerbockern in Pfeffer und Salz stieg aus, spazierte mehrmals nachdenklich um den Kraftwagen, dann läutete er. Der Köter streckte sich, stand auf und zeigte die Zähne. Fräulein Schmandfeld tänzelte gekonnt langsam die Freitreppe hinunter und erfuhr, daß eine Kanne Wasser vollauf genüge, um das Automobil wieder flottzumachen. An einem solch heißen Tag konnte niemand in der Altmark einem Menschen den erfrischenden Trunk abschlagen, geschweige denn einem durstigen Hanomag. Ein Auto, von denen viele, sehr viele wie Frösche nach einem Regen über die Landstraßen hüpften und stolperten. Dieses war mit Silberbronze vollkommen bemalt, wodurch ihm ein wahrlich königlicher Anblick verliehen war. Dieser Kraftwagen funkelte wie ein Diamant. Jedenfalls von Fräulein Schmandfelds Standpunkt betrachtet.

Ein riesiger Schrankkoffer lag auf den Rücksitzen, und noch ein Behältnis von beeindruckenden Ausmaßen war dort aufgeschnallt, wo der gegenwärtige Leser den Kofferraum weiß.

Während nun Emilia Schmandfeld gefällig und hilfsbereit die Freitreppe emporstolzierte, denn sie wußte ja die Blicke eines Verdurstenden mit Sonnenbrille und Menjou-Bärtchen auf sich gerichtet, während sie also auf den Weg zum Wasserhahn dahinschlenderte, ging ihr mancherlei durch den Kopf. Derart schnell und durcheinander, daß ich mit dem Schreiben gar nicht nachkommen könnte. Kurzentschlossen nahm sie im Foyer der Villa eine kostbare Vase aus holländischem Porzellan (18. Jahrhundert) und ließ sie in der Küche durch das hauseigene Wasserwerk füllen. Sodann kleidete sie sich in ihr gutes bordeauxrotes hautenges Kleid (mit dem langen Schlitz, der beinah sich mit dem tiefen Dekolleté traf). O was hatte sie in dieser Kreation auf Potsdamer Pflaster für Sensationen erregt!

Emilia Schmandfeld stieg nun wie ein dunkelrotes, sich schlängelndes Fragezeichen wieder die Freitreppe hinab, in den nackten Armen den kostbaren Krug.

„Wie eine Najade! Wie eine Quellnymphe! Wie eine Nixe!“ stöhnte mit melodischer Stimmführung, die entfernt an Enrico Caruso erinnerte, der Reisende, rückte für einen kurzen Augenblick sogar die Sonnenbrille ein Stück die Nase herunter. Und hatte schon die wertvolle Antiquität taxiert.

Emilia wußte zwar nicht, was eine Najade, eine Nymphe war, doch dem Tonfall nach zu urteilen, und sie kannte Männerstimmen in den ausgefallensten Lebenslagen, da mußte es sich um etwas begehrenswert Exquisites handeln.

„Genauso malte Ingres seine Quelle!“ stellte der junge Mann überzeugt fest. „Haben Sie das Bild im Louvre betrachtet, Gnädigste? Genauso. Aber hüllenlos, wenn Sie mir die Bemerkung gestatten, und das Wertst... die schlichte Vase auf der einen Schulter! Wundervoll!“

Emilia Schmandfeld nickte huldvoll.

„Leider bin ich kein begnadeter Maler!“ sagte der Fremde, „aber als Fotograf immerhin künstlerisch betätigt.“ Er fuhr sich über das dichte, braune Haar, hielt aber schnell wieder ein, drückte es noch einmal kräftig flach auf den Schädel. „Ich fotografiere für die ‘Berliner Modewelt’“, sagte er, schlug leicht die Hacken zusammen, „Franz Krause-Köln.“

Schäferhund Raffael nieste gelangweilt und schnüffelte andächtig um den nächsten Baumstamm.

„Ich habe gerade eine Reportage in Tangermünde fotografiert, nun geht es eilends nach Travemünde, um das moderne Badeleben und -treiben für unsere Leserinnen und Leser auf den Film zu bannen.“

Franz Krause-Köln sagte das so dahin wie in dieser altmärkischen Einöde Guten Tag - und Guten Weg! Keine Bälle, kein Strandleben, dachte Emilia Schmandtfeld wehmütig, nichts als Kuhblumen und den abgeschlafften Speckhuhn mit seinem Bilderfimmel!

Und während die Melancholie sich in dem Potsdamer Fräulein (nun auch bald Ende der Dreißiger) ausbreitete, flimmerte vor Franz Krause-Kölns geistigem Auge eine künstlerische Sternstunde herauf, die er flugs als Bitte in zierliche Worte kräuselte. Die Dame, so vor ihrer Villa, mit dem Krug in den anmutigen Händen, müßte ihm einfach Modell stehen. Das könnte doch das Titelbild für eine der nächsten Ausgaben der „Berliner Modewelt“ werden! Er sehe es vor sich: blauer Himmel, das weiße Haus, die flammendrote Dame, ihr neckisches Lächeln, der bemalte Porzellankrug!

Schon zog der Künstler den Apparat aus dem Auto, stellte die Stativstelzen in den glitzernden Sand, steckte seinen Kopf unter das schwarze Tuch, um Maß zu nehmen. Schnell stand Emilia auf der dritten Treppenstufe, Raffael gehorsam ihr zu Füßen auf der ersten. Beide lächelten. Knips. Nun kam der Krug auf die vierte Stufe. Emilia mußte sich über ihn neigen. In das Dekolleté drängten sich zwei prächtige Rundstücke aus dem weiblichen Vorrat, um auch auf das Bild zu gelangen. Nein, entschied aber Franz Krause-Köln, der Bildredakteur in Berlin sei aus Bayern, und der sei von Hause aus allergisch gegen Alpenpanoramen.

Schon entdeckte der rastlose Künstler eine Bank aus Birkenästen im Schatten des Landhauses. Noch eine ideale Kulisse! Und bald trug Emilia den Inhalt ihrer Kleiderschränke Stück für Stück in Speckhuhns verwilderten Park. Und als sie nach einer knappen Stunde am Ende der Besitzung am Bach angelangt waren, konnte Emilia Schmandfeld nur noch ihren blaßgrünen Morgenmantel ablegen, um mit Poesie am Gewässer zu kauern. Die abgerundete Nixe. Schon quoll ihr der Schlamm durch die Zehen und stank faulig, doch der Krause-Köln kam nicht zur eigentlichen Sache, sondern schwatzte nur etwas wie: Kinn höher, rechte Hand zur linken Seite und ähnlichen Blödsinn. Er merkte wohl gar nichts von Emilias Hingabe, die ins Leere sich verirrte.

Und dann kam gar nichts mehr. Gar nichts. Ein Handkuß, ein Versprechen, die vorgesehene Ausgabe der „Berliner Modewelt" umgehend zuzuschicken. Dann ließ Franz Krause-Köln das entblößte Quellenmädchen zurück am äußersten Ende von Speckhuhns Park.

Emilia Schmandfeld war von allen Künstlern tief enttäuscht. Sie wusch sich die Füße, sammelte ihre Klamotten ein und trottete zur Villa zurück. Das Auto war fort. Der Krug auch. Er stand nicht mehr auf der vierten Stufe. Die Barockkommode im Foyer sah ohne die holländische Vase dürftig aus. Dann erst fiel Fräulein Schmandfeld auf, daß auch der goldverschnörkelte Rahmen über dem Möbelstück fehlte. Und das wertvolle Bild in ihm. Das Speisezimmer war seltsam hell und sonnig. Dort fehlten fast alle Gemälde. Auch der bronzene Faun, der gerade die Nymphe einholte. Alle Wände waren wie Emilia unter dem blaßgrünen Morgenmantel.

Als Waldemar Speckhuhn aus Holland zurückkehrte, kam er einem Schlaganfall sehr nahe. Alle echten Holländer geklaut, nur der Käse noch im Speisenschrank.

Das war doch ein erkennbares Verbrechen, sagte auch der Polizeihauptmann von Bismark: angeklebter Bart, kastanienbraune Perücke, Sonnenbrille, eine Stunde fotografiert ohne Filmwechsel ... So dumm sei noch nicht einmal die Polizei!

Emilia Schmandfeld mußte ihre Koffer packen und reiste ab. Auf dem Stendaler Bahnhof war sie immerhin schon wieder so gefaßt, daß sie am Kiosk nach der „Berliner Modewelt" fragte. Nicht im Angebot. Der Verkäufer suchte in seinen zerfledderten Listen: nein soon Blatt jibts nich.

Emilia fand sich auch mit dieser Offenbarung ab. Mußte sie eben in Potsdam wieder unten anfangen.

Nach einigen Wochen brachte der Postbote, der sich stets über den Weg zur abgelegenen Villa ärgerte, die Briefe, welche auf eine Annonce des Fabrikbesitzers a.D. eingelaufen waren. Als Hausdame bewarben sich über ein Dutzend Schönheitsköniginnen. Beinah alle mit einem Foto. Waldemar war derart aufgeregt angesichts der weiblichen Schönheitsgalerie, daß er gar nicht bemerkte, daß darunter ein Brief von Franz Krause-Köln aus Travemünde eingetroffen war, in dem - welch schicksalshafte Fügung! - auch ein Foto lag. An einem Graben mit Schilf kauerte eine barocke Dame als Quellennymphe oder Najade, deren Gesicht man zwar nicht erblickte, aber deren üppige Vorzüge im hellen Sonnenlicht ausgebreitet waren. Die nehme ich! schwor sich Waldemar Speckhuhn, und war so aufgeregt, als hätte er einen unbekannten Rubens billig erstanden.

Dreimal läuten

Winterfeld (mit stattlicher Feldsteinkirche sowieso und einem Hünengrab im Pfarrgarten) war einst auch durch eine Eisenbahnstation ausgezeichnet. Es handelte sich nicht um den wichtigsten Bahnhof in der Altmark, wenn man von einem höheren Standpunkt hinabsah, aber für den neuberufenen Stationsvorstand Joseph Waldmüller aus Wolmirstedt war es der bedeutendste. Woanders hätte der herangereifte Mann möglicherweise den Fahrplan durcheinandergewürfelt und zu mancherlei Katastrophen auf dem Schienennetz Anlaß gegeben, man kennt das ja, aber in Winterfeld war er außerordentlich gut stationiert. An der romantischen Strecke Bismark-Gardelegen-Diesdorf. Von Winterfeld nach Beetzendorf 65 Pfennig. 1913. Mit Rückfahrt 95 Pfennig. Das konnte Joseph Waldmüller gut überschauen. Und alles III. Klasse. D-Züge mit I. und II. Klasse wurden vorsichtshalber umgeleitet.

Stationsvorsteher Joseph Waldmüller in Winterfeld - damit ja kein falscher Eindruck besteht! - war keineswegs ein dummer Mensch, nein, das wäre sehr ungerecht übertrieben. Er war nur ein bißchen langsam. Leicht träge. Modern gesprochen: antriebsschwach. Er hatte eigentlich auch nur aus Phlegmatismus geheiratet. Elisabeth Wiedehopf aus Harpe. Auch ein wichtiger Ort in unserer Altmark, aber eben 1913 noch nicht mit einem Bahnhof begabt.

Frau Elisabeth war der richtige Antriebsmotor für Joseph Waldmüller. Manche sagten, sie wäre der wahre Stationsvorsteher. Wenn sie nur einmal schrill „Joseph!" schrie, dann schreckten alle Reisenden, meistens alte Mütterchen, auf, die während der langsamen Fahrt seit Bismark tief eingeschlafen waren. Heißt es von Ohrenzeugen. Joseph? sin wi to wiet föhrn? Welche Freude, wenn sich in den zwei Waggons allmählich herumsprach, wir sind nicht in Joseph, sondern die schnaufende Dampflokomotive steht noch immer in Winterfeld herum! Wenn endlich aber Herr Stationsvorsteher Joseph Waldmüller in Abständen, die durch königlich-preußische Vorschriften geregelt waren, dreimal die Stationsglocke bimmeln ließ, heidi heida, dann sauste aber der Zug in rasantem Tempo weiter über den blitzenden Schienenstrang nach Groß-Apenburg.

An einem Montag nun, denke ich, kam der Oberinspektor Schwattenbach aus Stendal oder noch weiter her (da hab ich vergessen, meinen Gewährsmann zu fragen), also er kam auf jeden Fall aus einer weit entfernten Oberoberbehörde. Und wollte wohl mal erleben, wie der Verkehr in Winterfeld vonstatten ging. Er kam pünktlich mit dem Mittagsexpreßzug kurz vor zwölf in Winterfeld an. Dort war bekanntlich eine gute halbe Stunde Aufenthalt nach Fahrplan. Diese Zeit wurde genutzt, um den wirtschaftlichen Aufschwung von Winterfeld und Umgebung zu kräftigen. Das hieß für den Stationsvorsteher ausladen, umladen, einladen. Ein Faß Heringe zum Beispiel, zwei Sack Rüben, einen Drahtesel, einen Karton voll Küken. Und das reisende Publikum mußte abgefertigt werden. Manchmal zwei, drei Einheimische! Da war der Sta-tionsvorsteher zwischen zwölf und halb eins immer schwerbeschäftigt. In rasender Eile. Währenddessen aßen Lokomotivführer und Heizer ihr Mittagbrot.

Kaum betrat Oberinspektor Schwattenbachs Fuß Winterfelder Bahnhofsboden, machte Waldmüller auch schon mit der Zackigkeit eines bejahrten Beamten (und Unteroffiziers a.D. ehrenhalber) Meldung. Geleitete ihn in das Stationsbureau. In der Besenkammer hatte Elisabeth Waldmüller eine Art Bad eingerichtet. Wanne, Gießkanne. Der Oberinspektor nahm das Angebot, sich nach der langen Tagesreise von Stendal oder sonstwoher nach Winterfeld ausgiebig zu erfrischen, dankbar an. Dann wartete bereits die Mittagstafel auf ihn.

Der Herr Oberinspektor, noch völlig versunken in die landschaftlichen Schönheiten der durchreisten Altmark, zog sich völlig aus, besser gesagt: er entkleidete sich in dem dunklen Kabinett. Inzwischen raste der Stationsvorsteher auf den Bahnsteigen auf und nieder. Elisabeth Waldmüller hatte sich diese Badepause bestens ausgedacht. Ihr Gatte wurde durch den Inspektor, gar Oberinspektor, nicht in seiner gewohnten Arbeit durcheinandergebracht, und sie selbst konnte in Ruhe die Schnitzel zum Spargel sehr knusprig und braun braten.

Kurz: Waldmüller sortierte ohne größere Komplikationen die Reisenden von den Kartoffelsäcken. Dann stieg er in die Waggons, um Fahrkarten zu besichtigen und vor allem Neuigkeiten von den mitfahrenden Untertanen zu erfahren. Was gab es Neues an der Strecke, in Wiepke oder Bismark, in Berkau. Während der Mittagstafel müßte er damit guten Eindruck schinden. Hatte Elisabeth ihm seit Tagen eingeschärft.

Die Schnitzel mußten aus der Pfanne, der Zug weiterdampfen. Frau Waldmüller zog das erste Mal die Stationsglocke, was der Oberinspektor nicht bemerken durfte. Verflucht, wo steckte nur ihr Mann? Jetzt war das zweite, das dritte Bimmeln notwendig! Elisabeth Waldmüller blickte wütend in das Stationsvorsteherzimmer: Da stand doch ihr Mann, der sich zum Essen sein neues Oberhemd anziehen sollte! Hatte alles über seinen Döskopp gestreift, aber wieder vergessen, vorher die Kragenknöpfe zu öffnen, fuchtelte mit erhobenen Händen über dem Haupt herum. Wenn das der Stationsvorsteher entdeckte!

Elisabeth stürmte in das Stationszimmer. „Dreemaol bimmeln!“ rief sie erregt.

Das Hemdengespenst vor ihr blieb angewurzelt stehen.

Der Döskopp! Wenn nun der Oberinspektor auftauchte! Konnte der Schafskopp nicht einmal etwas behalten? Elisabeth mußte ihm ein für alle Male einen Denkzettel verpassen, und kurzentschlossen ergriff sie den Glockenstrick, der unter dem Hemd hervorhing, packte kräftig zu und zog dreimal ordentlich daran, daß man das Bimmeln im Himmel hätte hören können. Wenn da nicht der Klöppel fehlte.

Dann ließ sie den vermeintlichen Gatten im Hemd stehen und läutete selbst.

Die Lokomotive pfiff und dampfte davon nach Groß-Apenburg. Elisabeth sah den ratternden Waggons erleichtert nach. Als sie sich umblickte, hatte Oberinspektor Schwattenbach den Kopf durch den Kragen gezwängt und machte große Augen. In ihm dröhnte noch alles vom Glockenläuten.

„Gestatten, Schwattenbach!“ sagte er und wußte nicht, hatte er alles nur geträumt oder nicht.

„Ach“, sagte Elisabeth in ihrer unnachahmlich schelmischen Art, „wir haben uns ja schon bekanntgemacht, Herr... Herr...“

„Schattenbach, Johannes!“

„Ja, das Gefühl hatte ich auch sofort!“ antwortete Frau Waldmüller, „Wir wollen erst einmal speisen - Hochzeitssuppe mit Eierstich, Schnitzel mit Spargel, Zitronencreme mit Rumtopf... Kommen Sie nur! Sie brauch ich ja nicht an die Hand zu nehmen!“

„Und ihr Gatte?“ fragte der Mann in Schwattenbach, der jetzt etwas noch deutlicher läuten hörte.

Elisabeth war leicht verwirrt. In seinem Schwachsinn mußte ihr Gatte vergessen haben, die Erkundungen neuer Nachrichten einzustellen, um noch rechtzeitig den Zug zu verlassen. Deshalb sagte sie kurzentschlossen: „Der ist dienstlich nach Groß-Apenburg gefahren. Ist in seiner Arbeit zu gewissenhaft. Wie ich ihn kenne, kommt er erst mit dem Abendzug wieder zurück, weil vorher nichts fährt. Wir können uns also einen angenehmen Nachmittag bereiten, mein lieber Herr Schwattenbach ...“

Volksliedchen,

vom späteren Reichstagsabgeordneten Ludolf Parisius
aus Gardelegen 1831 in der Altmark
aufgezeichnet

Es wohnt ein Bauer im Bayerland,
der hat ein schönes Weib;
dazu eine schöne Dienstmagd,
das war dem Bauern seine Freud.

Die Bäurin nach der Kirche ging.
Der Bauer, und der war froh,
er sprach zu seinem Knechte:
„Schneid du den Pferden Stroh!"

Der Bauer zu der Dienstmagd sprach:
„Komm du mit mir aufs Heu!
Wir wollen ein wenig scherzen,
das dauert eine kleine Weil!"

Die Dienstmagd zu dem Bauern sprach:
„Das darf ich ja nicht tun!
Wenn es die Frau erfahren tut,
so krieg ich keine Lohn."

Der Bauer zu der Dienstmagd sprach:
„Was fragst du denn nach Lohn?
Ich bin ein reicher Bauersmann,
ich geb dir meinen Sohn."

Schmiedefeuer

Gottfried Rauschenbaum soll einst ein Hüne von Kerl gewesen sein. Das brauch ich eigentlich gar nicht zu erwähnen, weil er damals eben der Schmied in Tangeln war. Und dazu ein Gemütsmensch, über den niemand von den Nachgeborenen etwas Nachträgliches gehört hatte. Nicht einmal der Böswilligste. Von denen es freilich in Tangeln niemals welche gab. Und in der Altmark auch sehr, sehr wenige.

Halt! Gottfried Rauschenbaum soll mit dem Herrn Pastor einen Streit ... nein, das ist zu hoch gegriffen, eine Meinungsverschiedenheit, sagen wir mal. Vielleicht ein Mißverständnis. Es ist schwer zu entscheiden, denn unterdessen sind ja mindestens hundert Jahre vergangen. Und alle, die mir davon erzählten, waren ja erheblich jünger. Und allesamt nicht aus Tangeln.

Der Schmied hätte, so heißt es, um die Sache erst einmal hinter uns zu bringen, er hätte - obwohl sonst still und in sich gekehrt - im Suff oft ein Liedchen vorgetragen, das er während seiner Soldatenzeit in der Magdeburger Garnison (bei den Pionieren vielleicht) kennenlernte. Wenn meine Gewährsleute auch sonst alles vergessen hatten in diesem Zusammenhang, das muß auch einmal gesagt werden, dieses Liedchen kannten sie alle. Und waren nie in der Festung Magdeburg gewesen. Die entscheidende Strophe wollen wir zitieren:

De Paster, de Paster, so fromm hei ok is,
wenn hei de junken Mäkens ut de Bibel vörliest
un kümmt denn an Matthäus,
steiht ehm de Zebedäus
in de Ziehharmonika, in de Ziehharmonika!

Die Melodie scheint verschollen zu sein. Aber nun weiter: Dieser tatkräftige und sangesfreudige Schmied in Tangeln hatte nur eine Tochter. Aber was für eine! Manche meinten, an der wären zwei junge Kerls dran verlorengegangen. Sie war wie ein Schrank, konnte gottlos fluchen, hatte Pratzen und Pranken wie Kornschaufeln, den größten Brustumfang in Tangeln und Umgebung, und da werden auf diesem Gebiet bekanntlich Maßstäbe für die Landwirtschaft gesetzt. Aber es war schwer an Annmarieken heranzukommen. Weder an Ann, noch an Marieken. Sauschwer.

Viele angehende Männer kamen schon vom Körperbau her gar nicht in Frage. Man weiß ja: Rawn bie Rawn un Uhln bie Uhln. Kam eigentlich nur der Schmiedegeselle auf die Bewerberliste. Dieser Jörg Tönniese, ein stattlicher Kerl, aber en bitschen dösig, unbeholfen, wenn er mal keinen Hammer schwingen konnte. Der wartete immer auf ein Zeichen, ein Augenblinkern, ein Wink mit dem aufgerichteten Daumen oder so etwas. Kam aber nix. Nur vorlautes Reden. Kommandieren. Über den Mund fahren bei jeder Kleinigkeit, weil ja Annmarieken alles besser wußte, alles kannte, überhaupt in Schmiede, Haus, Hof und Garten immer das letzte Wort behauptete.

Nun müssen wir noch die Mutter erwähnen. Aber die spielt auch in dieser Geschichte keine Rolle. Sie war klein und mickrig, zusammengeschnurzelt wie eine Bratbirne, wenn mannhafte Tochter oder Mann etwas anordneten, antwortete sie stets: is jao man god so. Auch wenn es wirklich schlecht war. Is jao man god so.

Eines Tages nun - und jetzt merken wir wohl alle, daß ich mich der Geschichte nähere - nahm ein Nachbar, der Korn verkaufen wollte, die Schmiedsfrau in aller Frühe mit auf dem Kutschbock nach Beetzendorf. Was Frieda Rauschenbaum dort wollte, weiß ich gar nicht, aber nehmen wir ruhig an, sie besuchte ihre urolle Patentante Lieschen und mußte auch einkaufen.

In Tangeln hinterließ sie als Mittagessen nur die gutangebrannten Reste vom Sauerkraut, die auch schon gestern und vorgestern auf dem Tisch gestanden hatten. Für drei hungrige Mäuler reichte der dunkelbraune Pamps sowieso nicht.

Der Geselle Jörg Tönnies verzichtete deshalb und angeblich schweren Herzens auf seinen Anteil an dem durchgekochten Stroh. In Wahrheit freute er sich, den Fraß nicht noch einmal vorgesetzt zu bekommen. Heißt es ja schon in einem altmärkischen Gesellenlied vom „verdammigen Suerkrut" - „dat möten de Gesellen freeten in ehre zarte" Haut.

Deshalb brachte sich Jörg Tönnies von zu Hause ein gutes Stück Speck und einen Knust Schwarzbrot mit. Er fragte seinen Meister, ob er sich nachher in der Küche wohl eine Pfanne borgen könnte. Dann wollte er auf dem Herd Speckscheiben anbraten und mit den Brotbrocken das ausgelassene Fett auftitschen. Das war wohl sein Lieblingsessen. Schönheit kümmt übrigens nicht alleen von Gott, se kümmt ok ut Pann' un Pott. Der Meister war einverstanden. Kostete ja nicht sein Geld.

Als der Duft vom angebrannten Sauerkohl bis in die Schmiede wehte, stieg deshalb der Geselle die halbe Treppe hinauf zur Küche. Wo Annmarieken mit dem Holzlöffel wie mit einem Meißel braunschwarzes Sauerkraut vom Topfboden schabte.

„Annmarieken", sagte Jörg Tönnies recht ehrerbietig.

„Wat'n nu schon werrer!" Stirnrunzelnd sah sich das stramme Weibstück nach ihm um.

„Annmarieken..."

„Jao doch, Mann! Wat denn?"

„Du süst mik nu maol an dienen Füerherd laoten."

„Watt soll ik don?!" Das entrüstete Annmarieken hatte nämlich etwas mißverstanden. Weshalb gerade beim Sauerkraut-Abmeißeln, das weiß ich nicht. Sie hatte auf jeden Fall plötzlich in ihrem wilden Kopf, daß ihr Füerherd das war, wo man tüchtig rinfüern könnte.

„Du süst mik an dienen Füerherd laoten", wiederholt der Geselle, „Dien Vadder is inverstann'."

Annmarieken konnte das nicht fassen. Sie rief zur Schmiede, in welcher ihr Vater vor sich hin hämmerte:

„Vadder!!"

„Jau!"

„Soll ik dat wirklich don?!"

„Jau, un man fix schnell!" Denn der Meister dachte natürlich nicht daran, seinem Gesellen eine übermäßig lange Mittagspause durch diese Speckbraterei zu verschaffen.

„Vadder!"

„Wat noch?"

„Ik will't awer nich don!" schrie Annmarieken außer Rand und Band.

Da fluchte der Vater und schlug vor Wut auf dem Amboß: „Lat den Kerl nu an dien Füerherd orrer ik vergäte mik, verdammichtes Aas!"

„Vadder, ik will'n awer doch nich ranlaoten!"

Nun schrie Gottfried Rauschenbaum wie selten: „Wann du 'n nich im Ogenblick ranlaoten dust, Düvel ok, denn kümm ik mit düssen Hammer na boben un hau di dadermit vörn Kopp, dat de weeten wirst, dat ik hie ümmer noch dat Sagen heww!"

„Na, dann in dree Düvels Naomen ok!" rief Annmarieken und nahm sich den Stuhl, der am wenigstens wackelte, und das war der von ihrer zum Glück gerade verreisten spillrigen Mutter, stützte sich auf dessen Sitz und sagte etwas freundlicher zu dem überraschten Jörg Tönnies: „Da häst dien Füerherd, hoffentlich hest ok ne orndtlike Pann bie di!"

Nun war es ersteinmal nichts mit Speckbraten, aber danach war das noch eine Mahlzeit für zwei. Inzwischen war auch das Sauerkraut zu Holzkohle umgewandelt.

„Dat breng man runter to dienen Schwiegervadder!" entschied Annmarieken schon wieder etwas kommandohaft: „Un denn kaomm noch maol na boben; ik steih ümmer up Nachdisch."

Ein Kenner

In Osterburg war früher ein Seminar, eine Art hohe Schule für angehende Dorfkantoren. Lehrer, denen beigebracht wurde, wie ihren Zöglingen etwas beizubringen sei. Mit Methode. Und dazu auch Gesang und Orgelspiel, denn die Pastoren wollten auch etwas von den studierten Söhnen der Altmark haben. Dazu wurde ja schließlich bis zum Ende des ersten Weltkrieges wenigstens etwas aus der Kirchenkasse zum Lehrergehalt gelegt.

Wer Seminarlehrer war, hatte bereits ein Stück auf dem mühseligen Weg zum Professor oder gar Träger des Roten Adler-Ordens III. Klasse zurückgelegt. Ihre Ehefrauen waren auch nicht irgendwelche bürgerliche Gattinnen, sondern Damen mit einem Seminarlehrer an ihrer Seite. Man redete also die Frau von Herrn Dr. Buxtehude nicht nur in Osterburg auch mit Frau Doktor an. Selbst wer nur eine Stummelnase vom lieben Herrgott bekommen hatte, trug sie unter solchen Umständen in Osterburg ständig nach oben.

Zwei Gattinnen von Seminarlehrern schlenderten durch die Promenade zum Bahnhof Osterburg, einem der wesentlichsten Ort zwischen Hamburg und Magdeburg. Sie mußten sich noch einmal das Neueste von vorgestern erzählen, denn leider passierte in den gehobenen Kreisen Osterburgs nicht so viel Skandalöses wie in der Kaiserstadt Berlin, wo sie viel lieber gewohnt hätten. Also Klatsch und Tratsch, insgesamt gleich Quatsch. Aber das soll nicht unsere Sorge sein. Denn die eine Frau Seminarlehrer führte ihr Hundchen an der Leine. Das war so etwas Kurzbeiniges, Langhaariges, was kein Förster nahm, weil er dann nach jedem Waldspaziergang erst einmal die Tannennadeln aus dem Zottelfell kämmen mußte. Und es galt nicht als vornehm, dem struppigen Köter hinterher einfach das Fell abzusengen wie einer Gans die Federchen.

Als man an das Schiller-Denkmal kam, mußte dieser kurzbeinige Langohrpfiffi wie immer aus Gewohnheit erst einmal den steinernen Sockel beschnuppern und beschnüffeln. Die beiden Damen, die wohl gerade ihre besten Freundinnen durchhechelten, kannten das und widmeten dem Wässerchen weiter keine Aufmerksamkeit. Die Leine war lang genug. Und besser, das Hundchen hob hier bei Schillern ein Bein als zu Hause an Oberlehrers Chaiselonge oder gar Ottomane.

Nun hetzte aber etwas durch das Gesträuch heran: ein regelrechter Straßenköter, schwarzgrau wie der Düwel, hechelnder Zunge, flink up de Patten und voller Liebeslust. Das Wetter war anregend, die Fiffidamen auf Osterburgs Straßen knapp. Manche saßen aufreizend hinter Fensterscheiben, aber dieser Geselle besaß weder Beziehungen noch Geld, um sich dort Eintritt und Vergnügen zu verschaffen. Aber der Tatendrang blieb ihm. Und deshalb hatte er auch jetzt gar keine Zeit für ein Vorspiel mit Beschnuppern und so, wupp! stand er schon auf den Hinterbeinen. Und Hundedame Fiffi von Seminarlehreres hielt brav und still. Auch ein Hund kann ja im Seminarlehrer-Haushalt etwas von Frauchen und Herrchen lernen.

Die Damen zogen gemeinsam an der langen Leine. Dadurch wurde aber nur ihrem lieben Tier der Hals langgezogen. Was tun? Man konnte ja den Tieren ihr Vergnügen gewähren. Denen erging es letzten Endes da auch nur wie den Menschen. Aber die Leine dabei halten, das wollte keine Dame. Wenn nun vielleicht ein Seminarist, ein Zögling ihres Gatten, vorüberkäme? Das war zu blamabel!

Zum Glück schritt jetzt lediglich ein halbwüchsiger Lümmel um die Ecke und rauchte, was damals nicht gern gesehen wurde. Er spuckte die Kippe aus. Nicht aus guter Bildung, sondern weil er sich sonst die Lippen verbrannt hätte. Er blieb stehen, um amüsiert dem Hundepaar zuzuschauen.

Da kam einer Dame ein überaus guter Gedanke! „Junge", sagte sie freundlich: „Willst du dir schnell fünfzig Pfennige verdienen?"

„Wie denne?" sagte der Bengel, ohne der Frau Seminarlehrer ins Gesicht zu blicken.

„Du brauchst nur für einen Augenblick die Hundeleine zu halten. Wir gehen weiter zum Bahnhofsplatz, und wenn das hier ein Ende hat, bringst du uns unseren Hund schnell nach."

Der Junge lachte unverschämt.

„Eine Mark!" bot die andere Dame flehentlich und sah sich ständig nervös um nach dem nächsten Spaziergänger, der um die Ecke kommen würde.

„Nee, nee!" antwortete der Bengel kopfschüttelnd.

„Aber warum denn nicht?!"

„Nich forn Daoler", sagte der Junge: „Den schwatten Köter kenn ick jenau. Dat Beist rammelt ümmer ierst ne Stunne, ehe hei jenung hat. Dat wern se schon sehen!" Sprach's und ging pfeifend weiter.

Ermahnung an die Töchter vom Jahre 1572

aus

„Altmärkisches Intelligenz=Blatt"

1817

Wenn dei Junggesellen det Nachts nach ehrer Gewohnheit mit der Leimstange lopen un de Specksuppe brengen un dann up juer Kammer kommen, da ji sind, so lopt achter juer Wäschebette un gat darup sitten, so möten se juch tofreeden laten. Dat will ick ju befehlen, miene leewen Döchter, da richtet ju nah.

Wenn sie awerst gliekwoll kämen, um mit juch to köddern (= küssen), so segget, packet juch weg! un lat mick tofreeden orrer ick schla(g) ju up de Schnute, ju unbeschiedener Esel, wat hebt ju up de Jungfernkammer verloren?

Wenn se denn noch keenen Freeden hebben wolln un wollen ju pipen, as (= wie) de besopenen Junkers to daun p(f)legen, so leidet dat ja bei Liewe nich un schlat se up dat Mul, dat et klappet, un segget: Gaht hen, wo ju dat gewohnt seid!

Wenn Junggesellen wollen mit juch danzen, so könnt ju woll keenen Danz verseggen, awerst, wenn se sick in dem Danzen orrer hernach pipen wolln, dat scholl (=soll) bei Liewe nich geschehn, sondern da scholl ju se up de Piepschnute schla(g)n un seggen: Ju unverschämte Ossen, wat hebt ju mit meck to daun?!

Der Huthaken

Friedchen und Elli waren zwei unzertrennliche Freundinnen. Sie wuchsen in Audorf zusammen auf, als dort noch die Jeetze das Mühlenrad munter rundumtrieb. Beide waren sechzehn Jahre jung, halfen auf den Höfen ihrer Eltern; nun war Sommerzeit zwischen Heumahd und Kornernte, da gab es weniger zu tun, aber die Gänse mußten gehütet werden, um Weihnachten ein paar Taler Bargeld einzubringen. Das war der Lauf der Welt.

Jung Gös hemm grot Müler. Auf die Gänse traf das weniger zu als auf die beiden jungen Mädchen. Im Herbst, zu Michaelis war ihre schöne Jugendzeit vorüber. Elfriede sollte als Jungmagd auf den Hof ihrer Tante in Mellin und Elli nach Gardelegen zu einer verwitweten Kusine ihrer Mutter. Die unterhielt dort eine Kochschule, in der junge Damen aus gutem Hause eben Hauswirtschaft erlernen konnten. Gegen Geld, versteiht sick. Und Elli sollte da helfen. Umsonst, versteiht sick ok. Na, gegen Kost und Logis, das war ja auch etwas, und wenn sie gut aufpaßte, würde sie gutbürgerlich kochen können und womöglich eine gute Partie machen.

Die beiden Mädchen, groß mit dem Mundwerk, ganz winzig an weiblicher Erfahrung, zogen also wie gewohnt an der Mühle mit ihren Gänsen vorüber, weiter auf die Jeetzewischen. Sie streckten sich unter einen schattigen Busch, schauten in den Himmel und schnabbelten wie ihre Gänse alles durch, was sie von den Erwachsenen aufgeschnappt hatten: sie wußten, welcher Hund die Staupe hatte, daß Karline ein Kind bekam, die es vielleicht selbst noch gar nicht wußte, daß Grotmudder Kienappel es nicht mehr lange machen würde ... kurz, wichtige Ereignisse, die nun einmal das Leben ausmachen, ob man's wahrhaben will oder nicht.

In der sengenden Mittagshitze suchten sich zuerst die schläfrigen Gänse ein Ruheplätzchen, dann auch die beiden Mädchen. Wie immer an solchen paradiesischen Tagen zogen sie sich hinter einem Weidenstrauch um, das heißt Hemd und Kleid aus (mehr trug man damals im Kaiserreich in Audorf kaum). Und dann plätscherten sie in der Jeetze, um sich zu erfrischen.

Nun verlassen wir die beiden Wassermädchen erst einmal, auch ihr unschuldiges Badevergnügen, und denken daran, daß schon damals Sommerwochen auch Ferienzeit bedeuteten. Professor Findelzimt, auf Karl Georg getauft, lehrte am Gymnasium Salzwedel. Jetzt hatte er wieder Muße, um sich seinen botanischen und zoologischen Studien zu widmen, über die er bereits mit einigen Erfolgen in diversen Fachzeitschriften sich verbreitet hatte. Heute klassifizierte er anfangs einige Hahnenfußgewächse. Dann saß er am Ufer, um Eisvögel zu beobachten. Nun erregten Frösche seine Aufmerksamkeit. Findelzimt spürte nicht nur die Hitze, er war auch ein erster Anhänger der Freikörperkultur. Er sah sich um, damit er kein Ärgernis darstellte. Dann stelzte er durch das hohe Gras, nur mit der Brille und seinem breitkrempigen Strohhut angetan.

Als Findelzimt sich allmählich und beinah unbewußt Audorf näherte, entdeckte er zu seiner Freude auch noch Molche, die zwischen den Wasserpflanzen auf und nieder schwammen. Und plötzlich war er an der Stelle, wo die abgekühlte Elfriede und die patschnasse Elli ausruhten. Nein, das war einmal ein erwärmenderer Anblick als Froschschenkel und Blumenknospen. Freikörpermann Findelzimt war überdies Junggeselle. Er konnte sich kaum einer jungen Dame in Salzwedel nähern, schon galt er stadtbekannt als verlobt. So sammelten sich in ihm gewisse Kräfte und Energien in hohem Maße. Und wann hatte er schon einmal solche strammen, urgesunden Fräuleins - wie sie gerade in Audorf die Regel sind - aus solch kurzer Distanz studieren dürfen? Im Freikörperverein Berlin-Zehlendorf sah er nur schlappe Endvierzigerinnen und hartgesottene Pensionäre auf der Liegewiese. Das war doch nichts! Aber nun die Evas von Audorf!

Karl Georg Findelzimt wagte noch einen Schritt vorwärts, übersah leider die Brennesseln, die hier wucherten. Er schnaufte schmerzerfüllt durch die zusammengebissenen Zähne. Dann knackten auch noch einige Zweiglein. Und im Nu - wie der Spielzeugteufel aus dem Kasten schnellt - saßen die beiden Gänsemädchen mit großen Augen auf dem gegenüberliegenden Ufer. Und hier stand der Professor, der geistesgegenwärtig zwar nicht wegschaute, sich auch nicht entschuldigte, aber seinen Strohhut vom Kopf riß, um ihn sich dorthin zu halten, wo nun tatsächlich etwas wie ein Spielzeugteufel emporschnellte.

Die Mädchen hielten sich wie erschrocken beide Hände vor das Gesicht, schielten aber durch die etwas gespreitzten Finger, denn ein männliches Wesen von schlanker, athletischer Bauart, wie es der Gymnasialprofessor augenscheinlich war, das hatten sie noch nie beäugt.

Friedchen und Elli zogen nach einiger Zeit ihre Kleidungsstücke auf sich, blieben allerdings sitzen, da sich immer eine nach der anderen richtete.

In diesen langen, aber recht kurzen Augenblicken kam eine Biene dahergeflogen. Sie setzte sich dem Professor auf die linke Hinterbacke. Er nahm die linke Hand vom Hut und schlug das lästige Insekt rechtzeitig in die Flucht. Das setzte sich nun aber auf die rechte Hinterbacke. Der Professor nahm die zweite Hand vom Strohhut und schlug zu. Leider etwas zu spät.

Und als er darauf schnell fortgerannt war, fragte Elfriede erstaunt ihre Freundin: „Häst du dat ok 'seihn?"

„Jao", sagte Elli, „toierst het hei sienen Haut met beede Hänne festhoaln, dann het hei met beede Hänne sik up'n Naors slaogn..."

„Jao, un doch is sien Haut nich runnerfaolln!"

„Vörsteih ik ok nich. As wenn hei da'n Haoken an Buk ranklewet hätt!"

Elfriede und Elli trieben ihre Gänse zusammen. Und Elli fragte: „Is dat nu ne Utnaohm unner de Mannslü orrer künn se all sik dao ehrn Haut anhängn?"

Busch und Tal und Hügel

In Volgfelde hatte einst wohl Bauer Flasskopp einen guten Hof. Jedenfalls wurde mir das einmal in Vinzelberg, denke ich, erzählt. Und er sollte erst kurze Zeit verheiratet sein. Dann strolchte dort noch sein Hund Hasso herum. Seinen Schäferhund hatte Martin Flasskopp aufgezogen, und er sorgte sich um Hundehütte, gutes Fressen, Auslauf, was eben so ein Hund braucht. Eigentlich konnte er es gar nicht leiden, gab sich jemand mit seinem Hofhund ab.

Martini war ein neuer Knecht auf dem Hof angenommen worden, wie das früher in der Altmark üblich war: ein anstelliger Kerl, jung und kräftig, woher, weiß ich nicht. Der hatte seinen Spaß an dem schönen Hund, aber der Hund nicht an ihm, hab ich mir so hinterher überlegt, wahrscheinlich wohl, weil nun weniger Freßbares vom Mittagsessen in den Futternapf kam, seitdem Knecht Cord Hufnagel seine Portionen verputzte.

An einem Samstag im November wollten die jungen Eheleute, also der Bauer und seine hübsche Frau, zu einem Tanzvergnügen nach Staats fahren. Martin Flasskopp hatte wenig Zeit und gestattete seinem Knecht, Hund Hasso durchs Dorf zu führen, damit er sich seine vier Beine vertreten konnte, wie man so sagt. Kaum waren aber beide vom Hof, flitzte Hund Hasso von dannen und blieb spurlos verschwunden.

Töw mi dat eener! Dat verflixte Diert ließ sich nicht wieder blicken. Als Cord schuldbewußt auf den Hof schlurfte, hatte der Bauer die Pferde vor der Kutsche, in welcher seine Frau schon aufgeregt saß. Es sollte losgehen!

„Buer, de Hunn is wech!" sagte kleinlaut Knecht Cord Hufnagel.

Im ersten Augenblick wollte Martin Flasskopp mit der Peitsche dreinschlagen, dann schrie er mächtig: „Sök mi sofort mien Hasso, verdammich noch maol! Sök mien Hunn orrer ... Himmo, Naos un Tweern noch maol!"

„Ik heww uns Dörp dreemaol affsökt! Von Hoff to Hoff! Hei mütt sick vörstickt hemm!"

„Is hei nich in Dörp, dann löpt man fix öwer Dal un Högel, un sök öwerall in'n Busch, wo sick mien Hasso vörstickt hätt! Löp los, verdammichter Kerl!" Und dann fuhr - leider in großem Zorn - der Bauer davon.

Kaum war Martin Flasskopp dem Knecht aus den Augen, da schüttelte der entschlossen sein Haupt. Käm jao gar nich in Froag! Er - und in der Dunkelheit noch in den Busch, über Hügel und Täler?! Haha!

Andererseits: was sollte er tun? Na, zuerst wußte er in seiner Kammer noch einen gutgefüllten Schluckbuddel. Eiserne Reserve. Da nahm er erst einmal einen Mund voll. Dann durchstöberte er den Garten. Nichts. Er rief und pfiff über den nachtschwarzen Kirchhof. Un keen Hasso dao, Dunnerwetter! Zwischendurch schnell in die Kammer und einen nächsten Schluck. Wegen der Kälte draußen. Der Winter grummelte schon im Holz. Später torkelte Cord Hufnagel durch die Scheune, schwankte mit baumelnder Laterne durch die Ställe. Nichts von diesem dreimal verfluchten Köter! Dann kroch der Knecht im Haus herum. Durch den Keller. Und zwischendurch wieder einen ordentlichen Schluck zur Aufmunterung. Er robbte durch die Küche. Er krauchte die Treppe hinauf.

Und irgendwie schlief er dann unter dem Ehebett von den jungen Flasskopps fest ein. Stockbesoffen.

Als Cord Hufnagel lange nach Mitternacht plötzlich aus dem Schlaf schreckte, wußte er anfangs gar nicht, wo er lag. Dann fiel ihm der verflixte Köter wieder ein. Wat'n nu? Über ihm ging gerade die junge Frau ins Bett. O, nu wird's eng! dachte der Knecht unter der Matraze.

„Ik hoff, de Kerl hätt mien Hunn t(o)rückbracht!" sagte der Bauer und hatte hörbar Mühe - recht angeheitert wie er war -, sich auszukleiden.

„Nu laot man dien Hunn!" sagte die Frau, die auf den Federkissen wartete. Wat förn scheunen Danz! dachte sie wohl: un nu nich mehr in Düstern up'n Bank, nee, nu orndtlich bequem im Bett! „Nu kümm doch man!" sagte sie mit einem ganz tiefen Schnaufer.

„Maok ik jao! awer wehe, de Schwienekerl hätt mien Hasso nich holt!"

Endlich krabbelte er auf das Bett, und da war wohl alles Angenehme noch verdeckt, als wenn der Bäcker ein großes Leinentuch über den frischen Kuchen legt, damit die Fliegen nichts zu naschen finden und auch die Überraschung für die Genießer sich steigert. Dann mußte alles fortgeflogen sein, denn Knecht Cord hörte nun den seligen Bauern über sich staunen:

„Eiei, wat förn scheun Gaorn! Nu laot maol düchdig kieken!"

„Dao is awer nischt to kieken! Dat is'n Gaorn nich tom Rümspekuleern, dao mütt man dröwer ackern und plögen!"

Trotz dieser Belehrung holte sich der beschwingt-beschwipste Bauer Flasskopp erst noch die Kerze, um sie auf den Nachtkasten zu stellen. Er wollte eben genauer sehen als Kunstkenner. Und als Naturfreund noch mehr.

„O, wat förn scheun'n Busch!" rief er nun entzückt, „Un wat för scheune Högel und da, dat Dal darto! Ran an Busch un Dal un Högel, juchhu!"

Als dies der benebelte Knecht Hufnagel unter dem Bett anhörte, fiel ihm plötzlich sein Suchauftrag ein. Von wegen suchen in Busch und Hügel und Tal. Und so fragte er sicherheitshalber an: „Kann dat sin, dat dao ok de Hunn vörstickt is?"

Am nächsten Morgen, noch in der eisigen Dämmerung wanderte der ehemalige Knecht Cord Hufnagel mit seinem Bündel auf dem Rücken dösig aus Volgfelde. Hund Hasso schaute ihm aus seiner guten Hütte nach und grinste zufrieden, denke ich. Und vielleicht dachte er auch: Jao, wer besopenerwies stiehlt, de mütt nüchternwies hangen ...

Von Werken der Natur

Josephine Kleeborn, einzige Tochter einer gutbetuchten Brauerfamilie in Gardelegen (aber auch spätes Mädchen), kam bei einer vornehmen Hochzeit neben einem vornehmen Herrn zu sitzen. Nach der Tischordnung. Gleich und gleich gesellt sich gern, heißt es nicht umsonst, der Herr war ledig und Pastor in Rathenow, damit zwar nicht in der Altmark, aber noch in Reichweite.

Überall ging es nach dem gewonnenen Krieg 1870/71 wohlgemut aufwärts, und nun hatte der neue Kaiser Willem Zwo sogar „herrliche Zeiten" ausposaunt. Warum nicht auch endlich für Josephine? Schüchtern war sie eigentlich nur in Gesellschaft. Zu Hause kommandierte sie längst ihren verschrumpelten Vater und die auseinandergegangene Mutter. Und sie selbst war stattlich bis zum Imposanten. Für ihre Oberweite reichte man gerade so das Bandmaß von Schneiderin Madame Kistenbreuk. Kernfest und auf die Dauer wie gute Äppel, die ja bekanntlich nach altmärkischer Spruchweise genauso rot werden wie Jungfern, wenn man sie aufs Stroh legt.

Da sowieso nicht große Auswahl an Junggesellen an der Hochzeitstafel bestand, war also Josephine mit ihrem Tischherrn vollauf zufrieden. Und was sie sonst heimlich tat, sich nämlich ab und an einen guten Schluck Likör zu gönnen, das tat sie hier nun so unheimlich, daß Mutter und Vater, die gegenüber saßen, sie starräugig zu hypnotisieren versuchten wie zwei ausgestopfte Raben.

Es gab blaue Forellen und Rotwein, erschossene Hasen und Sellerie, Zunge aus dem Rindsmaul mit Spargel, eben alles, was die gutbürgerliche Küche zu solchen Anlässen vorsieht.

Auch Pastor Bregendorf aus Rathenow taute bei solch anhaltendem Dreiklang aus Wein, Weib und Wohlgeschmack bald auf, erzählte mit seiner Tischdame dies, mit ihren Eltern das, wobei er gar nicht merkte, wie die Alten mit ihren schwarzstarrenden Rattenaugen warteten, daß er als Kater den ausgelegten Speck ihrer Tochter endlich anknabberte, um in der Falle zu sein. Und dann mußte er zwischendurch einmal dorthin, wo auch der Kaiser zu Fuß allein hinschreitet. Obwohl Vater Kleeborn, der einst Feldwebel in Preußisch-Eylau gewesen war, immer wieder erzählte, der Kaiser Willem Eins hätte nie gemußt, wenn er mit den Offizieren irgendwo kneipte, sodaß diese sich immer schnell eine Pinkelrinne unter den Tisch zimmern ließen, um bei ihrem obersten Feldherrn unentwegt auszuharren. Im „Deutschen Haus" zu Gardelegen gab es solche praktische Einrichtung nicht, deshalb neigte sich der schon beschwingte Herr Pastor über das tiefausgeschnittene Dekolletee von Josephine und flüsterte: „Wo kann man denn hier die Werke der Natur vollziehen?"

Er hatte sich wohl etwas zu tief über Josephines ausladende Blasebälge gebeugt, denn das Fräulein Kleeborn bemerkte eine gewisse Lüsternheit in den Augen ihres Tischherren.

„O Herr Pastor!" wisperte sie zurück, blaubeflügelt durch roten Kirschlikör. „Sie schlimmer, schlimmer Mensch!" Das wußte sie aus einem Liebesroman. Daß man sich so benimmt. Als Dame. In Wirklichkeit hatte sie längst nach ihrem blausamtenen Pompadour (passend zum himmlischblauen Kleid) gegriffen, weil sie darin den Zimmerschlüssel für ein Hotelzimmer über dem Festsaal verwahrte. Falls sie nämlich Migräne bekäme, hatte sie dem Brautvater erklärt, und das geschah recht oft, dann müßte sie sich ein Stündchen ausstrecken.

Pastor Bregendorf ging das aber alles zu langsam. Sein innerer Druck entwickelte sich schnell und flott zu äußerster Heftigkeit. Er wiederholte flehend: „Eija, ich möchte ja so gern jetzt die Werke der Natur vollziehen!"

Josephine schaut ihn ob dieser Leidenschaftlichkeit bewundernd an. Da war ja ein Feuer in seinen Augen, nein, das hatte sie noch nie erlebt. Weder in Gardelegen noch sonstwo. Sie stand nun auf und schlenderte durch das Gewimmel der erst einmal gesättigten Gäste, für welche zwei Musiker Violine und Violoncello stimmten. Der Klavierspieler brauchte das nicht zu tun.

Pastor Bregendorf konnte seiner Tischdame nicht sehr schnell folgen, weil er durch verschiedene entfernte Verwandte, die er niemals gesehen hatte, und durch ihren Schwatz aufgehalten wurde. Auf dem Flur des Restaurants fand er zwar nicht Fräulein Kleeborn, doch zum Glück sofort die Tür mit dem Schildchen „Herren". Bald trat er wieder erleichtert auf den Flur zum Festsaal, wo ihn mit spürbarer Unruhe Josephine entdeckte, die gerade wieder die Treppe herunterkam.

„Da sind Sie ja!" rief der Pastor nichtsahnend.

„Sie sind mir ja gar nicht gefolgt", sagte Fräulein Kleeborn etwas schmollend und in eine neue, berauschende Parfümwolke gehüllt: „Zu den Werken der Natur!"

Der Pastor, etwas begriffsstutzig, aber ein wenig verlegen, meinte: „Die macht man doch am besten allein, Fräulein Kleeborn!"

„Ich nicht!" antwortete Josephine wildentschlossen, nahm den Herrn Pastor an ihre Hand und zog ihn die Treppe hinauf in den stillen Hotelflur im ersten Stock. Von unten her war der erste mißgestimmte Walzer zu hören.

Der Herr Pastor, dem der reichliche Genuß alkoholischer Getränke durch seine Tischdame schon aufgefallen war, glaubte nun, sein fürsorglicher Beistand in der heraufbrechenden Katastrophe sei gefragt. Er sah aber hier oben keine Damen-Toilette. Mitleidig sagte er: „Ja, wo wollen Sie denn die Werke der Natur vollziehen, Fräulein Josephine?"

„In Zimmer acht, mein Dietrich!" hauchte sie. Josephine umschlang ihn wie eine Krake, küßte ihn, und mit solcher Last um den Hals war es für den verwirrten Pastor Bregendorf gar nicht leicht, auch noch Zimmer Nummero acht zu finden. Aber während er die hingebungsvolle Josephine über den roten Kokosläufer vorwärts schleppte, ließ ihn der Himmel plötzlich und überraschend einen Blick in seine Zukunft tun. Sein Schicksal hieß also Josephine. Gottes Wege sind wunderbar. Er hätte Josephine fallenlassen können, fortlaufen, liegenlassen, den Schwanz einkneifen und los! Aber das ging schon nicht mehr.

Dann waren sie allein zu zweit im Zimmer, unter dem der Tanz begann. Trotz alledem standen Schweißperlen dem Pastor auf der Stirn. „Hier sollen ... wollen wir die Werke der Natur ...?"

Josephine war praktischer. Als alles von ihr fortgeflogen war, wartete sie, daß ihr zukünftiger Gatte auf sie flog.

Pastor Bregendorf wußte kaum, wie man sich in solcher Situation würdevoll verhielt. Aber die nackten Tatsachen waren stärker als seine Phantasie. So sagte er denn: „Soll ich denn diese Rose brechen?" Das hatte er einmal heimlich in einem unheimlichen Liebesroman gelesen und sich gemerkt.

„Schiet Rose!" lachte Josephine und warf sich auf das Ruhebett, doch dann war sie schon ganz Frau Pastor Bregendorf und bemerkte salbungsvoll: „Klopfet an, so wird euch aufgetan!"

Sommerliebe

Der Abend sitzt auf der Mauer
und hört den Küster vom Turm.
Der bläst zum Wochenende
den Choral vom Erdenwurm.

Er musiziert mit der Posaune
und verwechselt oft Moll mit Dur.
Großmütter rücken den Stuhl vor's Haus,
und drin tickt bedächtig die Uhr.

Wir lösen uns aus der Umarmung.
Deine Lippen sind heiß und rot.
Doch dein Mann, der gestrenge Herr Küster,
verlangt pünktlich sein Abendbrot

Der Hahnekamm

In Hüselitz (glaub ich jedenfalls) hatten sie einmal einen Knecht namens Karl, der rührte mit seinem Löffel schon in manchen Schüsseln herum. Nun arbeitete er bei einem Bauern, dessen Magd Annerose überzeugt war, daß Hanodder die kleinen Kinder aus dem nächsten Sumpf herauszieht.

Eines schönen Tages plackte sich Karl auf einem Acker nach Schönwalde hin. Zwischen diesen Dörfern strömt noch immer das Flüßchen Tanger dahin und manche Gräben auch.

Die Magd Annerose trug also das Mittagessen hinaus, und da sie eine arbeitsame und fleißige Person war (das muß man ihr lassen), sammelte sie, während der Knecht speiste, Birkenreiser, um die Zeit zu nutzen und einen Besen zu binden. Dazu setzte sie sich recht bequem auf ein Hügelchen, und da es überdies ein heißer Tag war, sah Karl plötzlich sogar zwei Besen, als er zu ihr hinaufschaute. Einer von beiden, wenn er auch ziemlich zerzaust war, machte ihm soviel Freude, daß sie plötzlich sogar spürbar anstieg, was zu guter Letzt selbst der Magd auffiel. Sie fragte neugierig danach.

„Dat is sowas wie mien Haohnekamm", sagte der Bursche listig, „Daomit kann ik ok kämmen."

Die Magd wollte sich ausschütten vor Lachen: „Dat lügst du doch hen!" rief sie zuerst spöttisch, dann aber auch lüstern darauf, was es denn wirklich mit diesem Kamm auf sich hätte. „Giww maol her, Kaorl!" forderte sie endlich.

„Nich um dusend Daoler!" antwortete der Knecht. Aber dann tat er so, als brauche man ihn nicht umsonst bitten und begann Annerose auf ungewohnte Art zu kämmen.

Anfangs tat alles der Magd etwas weh. „Dat ziept toierst ümmer en bitschen!" sagte Karl, und dann spürte Annerose doch eine angenehme Wirkung und fand schließlich großen Gefallen an der hitzigen Kämmerei. Mit einem Mal wollte sie gar nich allein den Heimweg antreten. Da mußte noch einmal gekämmt werden und wieder und wieder, bis nicht nur die Sonne allmählich sank und es Zeit wurde, zum Abendessen heimzukehren. Aber selbst auf dem Weg ließ Annerose dem Knecht keine Ruhe, so daß er heimlich einen Stein aufhob, und als sie über eine Brücke gingen, da ließ er den unbemerkt ins Wasser plumsen.

„Oweh, mien Haohnekamm is in't Water falln! Dat mi dat ok noch passeert!" Und dann lief er wie dösig, so schnell er konnte, nach Hüselitz.

Nicht aber die Magd Annerose, die zuviel Spaß an jenem Hahnekamm gefunden hatte. Sie schürzte schnell ihren Rock und stieg in das kühle Wasser und fischte mit beiden Händen über den Bachgrund, um den Verlorenen wiederzubekommen. Sie war noch immer mit ihrer Fischerei befaßt, als der Herr Pastor auf seinem Abendspaziergang vorüberkam.

„Was machst du denn, mein Kind?" fragte er verwundert.

„Ick sök ... such Karls Kamm!"

„Das lohnt sich doch keinesfalls!"

„Doch, doch, Herr Pastor, dat is'n düer Ding, dat kost ehm dusend Daoler, hätt he seggt!"

Tausend Taler, überlegte der Herr Pastor, da ist der Kamm wohl gar aus Gold? Und schon stieg er habgierig zum Bach hinab, legte hastig seine Hose auf das Ufer und watete bald neben Annerose. Dort wurde das Wasser immer tiefer, sodaß der fromme Mann etwas sein Hemd aufhob.

„Dao swemmt hei jao!“ rief Annerose in diesem Augenblick voll Freude: „Dao heww ick ehn wedder!“ Und sie griff nach dem Hahnekamm: „Jao, awer hei is nu im Water man höllsch upgeweikt, Herr Pastor!“

Enttäuschung auf dem Hünengrab

Auf dem Hünengrab waren die Steine so warm,
und heißhäutig warb ich um dich.
Doch da hattest du wieder diesen fossilen
und urgeschichtlichen Stich.

Du jubeltest: Ein Megalithgroßsteingrab oh!
von denkmalspezifischem Wert!
Ach, hättest du dich zu mir kurze Zeit
als dem Bodendenkmal gekehrt!

Vielleicht war es nicht der schicklichste Ort,
und du bist prähistorisch bezopft;
aber es hätte seit langem dieses einzige Mal
nicht unter uns jemand geklopft.

Vom Kampf mit dem blauen Teufel

Pastor Willem Schliephakehl hatte mit größter Mühe und Not in Hindenburg einen Verein von Anti-Alkoholikern gegründet. Kaum aber kamen die zusammengebrachten Konfirmanden in die Lehre, dann begegnete ihnen dort auf Geburtstagsfeiern, Richtfesten, Saalschlachten und dergleichen der blaue Teufel in jeder Schnapsbuddel. Dann waren Schliephakehls Gebete schnell vergessen, die kleinen Broschüren mit Ratschlägen gegen die diabolischen Versucher Schluck un Bier. Es gelang einfach nicht diesem unerschrockenen Gottesmann, im Kreis Osterburg, im Königreich Preußen und in Mitteleuropa durchzusetzen, daß allüberall nur noch Milch und Limonade ausgeschenkt wurde.

Deshalb waren vor allen anderen kirchlichen Veranstaltungen die Hochzeiten dem guten Pastor völlig verhaßt. Da begann ja schon vor dem Polterabend das höllische Saufen. Beim Kranzbinden. Beim Girlandenflechten. Beim Holen des schmückenden Grüns. Immer ein Grund zum Feuerwasserschlucken. Und erst beim Eintreffen der Gäste! Dann das Schweineschlachten, das Bier probieren, o Gott, was für ein Niagarastrom von Alkohol, der dann nach Hindenburg floß, in die aufgerissenen Schlünde stürzte und alle dun und dumm hinsinken ließ in die Lotterbetten.

Und da war doch wahrhaftig schon wieder ein Brautpaar aufgeboten: Karl-August Sülz mit Dorchen Kammacher. Der Bräutigam hatte übrigens eine lange Zeit zum Missionsverein gegen Alkohol e.V. Hindenburg gehört, bis er entdeckte, nach ein, zwei, drei Schluck Korn verlor sich sein Stottern. Und nach vier, fünf, sechs Schluck Korn mit der notwendigen Verdünnung durch Starkbier, da erkannte Karl-August Sülz seine eigene Stimme nicht wieder.

Schon war der Hochzeitstag da. Die Glocke bimmelte. Das Brautpaar kam mit seiner ansehnlichen Gästeschar auf die Kirche zu. Pastor Schliephakehl stand im Portal und fluchte ingrimmig auf den angetrunkenen Haufen, der da in Festgewändern, aber ohne Zucht und Ordnung auf ihn zu kam. Manche waren wohl tatsächlich erst vor einer guten Viertelstunde von der Polterabendfeier aufgestanden. Sie glotzten ungläubig den Herrn Pastor an und bekamen wohl gar nicht mehr in ihren blauen Döskopp hinein, daß gleich eine heilige Feier beginnen sollte.

In der Kirche aber zuckten dann doch alle sichtlich zusammen, als die Orgel gespielt wurde. Kantor Hühnerbock hatte natürlich heimlich, aber dafür unheimlich mitgefeiert. Nun konnte keiner überhören, daß er große Schwierigkeiten hatte, die schwarzen von den weißen Tasten zu unterscheiden. Das war eine Schande für diesen willensschwachen Menschen, dachte der Pastor und geleitete das Brautpaar zum Altar, eine Schande, daß er, nach 250 Jahren Reformation in der Altmark, immer noch keinem Benediktiner- oder Karthäuserlikör widerstehen konnte.

Pastor Schliephakehl wies den übrigen unverheirateten Mädchen und jungen Burschen ihren Platz in einem Halbkreis an, wie es der Brauch. Otto Rempeleisen war derart voll, daß er den schweren Taufstein, an den er sich gleich lehnte, beinahe umstürzte. Dabei sah der Pastor deutlich, daß in Rempeleisens Rocktasche noch eine volle Schluckbuddel steckte. Der Schmied Felgentreff schleppte zum Glück diesen armseligen Erdenwurm gleich hinter die Kanzel, wo Otto Rempeleisen niedersackte, sich noch einen guten Schluck genehmigte und schnarchend einschlief.

„Liebe Gemeinde, hier sind wir heute da ..." Und dabei zeigte Pastor Schliephakehl noch auf das Brautpaar, das wie zwei Konfirmanden vor ihm stand, die zur Prüfung nix gelernt hatten. „Liebe Gemeinde, da sehen wir heute ..." Nein, dieser besoffene Otto Rempeleisen machte den guten Herrn Pastor ganz dwatsch im Kopf, er zeigte zum Lümmel an der Kanzel und sagte: „Dieses Individuum sittlicher Verkommen ..." Doch dann fiel ihm noch rechtzeitig wieder ein, es waren ja nicht die Anti-Alkoholiker um ihn herum, es blieb die erwartungsfrohe Hochzeitsgesellschaft.

„Euer Paster is woll besopen ...", hörte der Pfarrer ganz deutlich den Patenonkel der Braut aus Osterburg flüstern.

„Ich nicht so viel wie ihr!" sagte Schliephakehl mit Nachdruck: „Ich bin der Herr ..."

„Amen", sagte Tante Sophie, die nicht mehr gut hörte, laut.

„Nu man los mit de Zeremonije!" riet jemand in den Bankreihen.

Der Pastor beschloß: nein, ich drehe mich nicht zum Altar herum, denn dann werden die hier hinter meinem Rücken im Gotteshaus noch saufen, nein, da mache ich nicht mit!

Organist und Kantor Hühnerbock, der sich auf der düsteren Orgelempore kaum zurechtfand, hatte inzwischen fast alle Register wieder ausgestellt, nun wollte er mit sanften Pfeifen die Trauung begleiten. Er wartete auf ein Zeichen zum Einsatz.

„Laßt uns nicht auf den Weg des Bösen gehen", sagte der verwirrte Pastor, der überall die Blicke des blauen Teufels auf sich gerichtet sah. „Das ist der Weg ..."

Jetzt begann Kantor Hühnerbock zu singen „Jesu, geh voran ..." Da ging plötzlich mit ziemlichen Krach die Kirchentüre auf, und der Herr Superintendent kam, ja, er kam hereingeflogen. Denn er hatte nicht nur Schwierigkeiten mit den Augen und der hohen Schwelle und dem Unterschied vom gleißenden Sonnenschein draußen und der Düsternis in der Kirche, nein, er hatte sich im Hochzeitshaus auch noch zu Tiegelbraten überreden lassen. Und zu einigen Gläsern Korn. Dreistöckig. Wegen der besseren Verdauung. Das war alles etwas stärker als die Milchsuppe, die er ansonsten in Osterburg morgens löffelte.

Der Herr Superintendent flutschte mit ungewöhnlich flotten Schritten von Bankreihe zu Bankreihe. Er glaubte wohl, auf schwankendem Schiffsboden dahin zu segeln. Es schleuderte ihn gleichsam immer näher zur Hochzeitsgesellschaft und zum Altar. Dorchen Kammacher war ja sein Patenkind aus der Zeit, als er vor über zwanzig Jahren einmal Dorfpfarrer in Hindenburg war.

„Lassen Sie sich nicht stö ... stö ... stören, Herr Amtsbruder", sagte er fröhlich, „weitermachen! weitermachen!"

Pastor Schliephakehl, der von diesen Hintergründen und Ursachen nicht wie ihr, liebe Leser, Nachricht hatte, war zwar perplex, doch dann so gescheit, meinte er wenigstens, daß er nun eine noch einflußreichere Amtsperson in seinem Rücken wußte. Der müßte doch aufpassen, daß nicht während des Gottesdienstes heimlich die Schnapsflaschen ihre Runde machten.

„Jesu, geh voran!" sang der Pastor nun auch mit kräftiger Stimme, wenn auch in einigem Abstand zum Spiel des Organisten, der freilich vergessen hatte, daß nur zwei Strophen gesungen werden sollten. Hühnerbock spielte dafür sieben.

Hochzeitsgottesdienste hatte Pastor Schliephakehl schon eine stattliche Anzahl gehalten. Er spitzte seine Ohren und meinte deutlich das Gluckern in den Flaschen hinter sich zu hören. Immer wenn er sich zum Altar hinwendete, war das Geräusch zu vernehmen. Vergeblich hoffte er auf ein Strafgericht vom Herrn Superintendenten. Doch als er das junge Paar dann persönlich ansprach, sah er mit Entsetzen, es wurde ihm richtig schwarzblau vor den Augen, daß sein Superintendent, der in der ersten Reihe neben den Brauteltern Platz gefunden hatte, auch einen langen Zug von dem wasserklaren, aber höllisch schwarzen Teufelstrank in sich schluckte. Der Kerl mußte wohl selbst des Düwels sein!

Der stotternde Bräutigam brachte ganz munter sein Ja! heraus. Dorchen Kammacher auch.

Das war's, dachte Schliephakehl: nun raus mit der ganzen Sünderbagage! Hier stank es nach Fusel und Schwefel!

Da gab aber der Bräutigam Karl-August Sülz, der auch mehr getrunken hatte, als gegen sein Stottern notwendig gewesen wäre, dem Pastor ein Zeichen. Der hatte nämlich in seiner Rage vergessen, die Ringe zu wechseln und anzustecken. Und weil der Bräutigam nicht sprechen konnte, hielt er einfach seinen ausgestreckten Zeigefinger in die Höhe und machte aus Daumen und Zeigefinger seiner anderen Hand eine Art Ring. Und diesen Ring ließ er immer über den ausgestreckten Finger rauf und runter gleiten.

Die Brautjungfern bekamen knallrote Köpfe und kicherten. Auch die übrigen hatten nun nach und nach dieses putzige Spiel mit Finger und Ringloch mitbekommen. Der verwirrte Pastor sah diese zweideutige Gestik und wurde noch zorniger. Und da der Bräutigam wie besessen nicht aufhörte, seinen ausgestreckten Finger hin- und her zu reiben, sagte er barsch:

„Schluß jetzt damit! Heute Abend, heute Abend!"

„Sie müssen aber doch jetzt ..." lallte der Superintendent, der mühsam auf der Bank gehalten werden konnte.

„Kommt jetzt nicht in Frage. Nur über meine Leiche!" rief erregt der Pastor. Was war denn das für eine Teufelsbrut vor ihm, über ihm, neben ihm?

„Sie müssen die Ringe wechseln, Herr Amtsbruder!" brachte der amüsierte Herr Superintendent aus Osterburg noch heraus.

Die Hochzeitsgesellschaft aber wollte sich ausschütten vor Lachen, denn selbst diejenigen, die bis jetzt gar nichts mitbekommen hatten von dem Mißverständnis, die rieben nun ausgestreckte Finger mit einem Ring aus Daumen und Zeigefinger. Und als einer schließlich den schlafenden Rempeleisen auf den Kanzelstufen aufweckte, um ihm auch dieses Kunststück vorzuführen, begriff er schneller als der nüchterne Pastor und fragte verwundert: „Wat denn ... inn Kerke?"

„Amen", sagte der Pastor erschöpft. Der Organist spielte: „So nimm denn meine Hände ..." Und Rempeleisen sang laut, was die anderen nur so im Sinn hatten: „... und führe ihn!" Die Gesellschaft zog ab. Der Herr Superintendent und Otto Rempeleisen hakten sich beim Pastor in ihrer Mitte ein und torkelten los.

„Doch, doch", stotterte der Superintendent: „Wo ihre Gemeinde jetzt feiert, da müssen Sie auch sein, Bruder Schliephakehl. Was für ein Land! Was für Sitten!"

Das letzte Wort mußte Otto Rempeleisen falsch verstanden haben, denn er fragte seinen Pastor vertraulich: „Hemm Se sik ok maol Schimmmelbocks Olle anseihn?"

Und als auch Pastor Schliephakehl auf den Hochzeitshof gedrängelt wurde, sah er seinen ganzen Anti-Alkoholiker-Verein bereits versammelt, die ihren Vorsitzenden mit Prost! und vielstimmigem Männergesang begrüßten: Ein Glück, daß wir nicht sau-au-au-fen,
wir lassen's nur so lau-au-au-fen...

Vorhersage

Du maulst, wenn ich zu dir
auf Bocksbeinen komm.
Du erwartest mich zahm und fromm.

Du maulst - wolln wir wetten? -
in kurzer Zeit nicht.
Dann machst du mir Beine zur Pflicht.

Ortsregister

Nachwort

Vor gut zwei Jahrzehnten begann ich von Zeit zu Zeit Wanderungen durch die altmärkischen Landschaften und ihre Dörfer und Städte zu unternehmen. Wie weiland Seume oder Fontane ging ich zu Fuß, besah mir alles mit großem Vergnügen und kehrte auch überall ein, wo ein Gasthaus Speise und Trank versprach. Das Bier kam damals durchweg aus einer Brauerei, der Bockwurstgeschmack war genormt einheitlich, aber die Anekdoten und Stippstörken, die ich aufschnappte, hatten ein eigenes, unverwechselbares Kolorit, leuchteten in Farben, welche vor allem die niederdeutsche Mundart verschenkte. Sie milderte auch das Deftig-Derbe, das beliebteste Feld dieser witzigen Erzählungen.

Wenn ich dann irgendwo an einem Feldweg oder am Waldrand rastete, oft auch beim Warten auf den Omnibus, den Triebwagen, der mich wieder nach Magdeburg bringen sollte, notierte ich mir das Gehörte, so gut ich konnte. Aber veröffentlichen konnte ich diese Notizen nicht. Lediglich Redensarten und Sprüche kamen in mein Lesebuch „Die Altmark" (Rostock 1988).

Doch wenn ich meine anwachsende Sammlung einmal durchblätterte, dann fiel immer deutlicher auf, daß die Mehrzahl der Geschichtchen bereits uralt waren. In meiner Studienzeit hatte ich mich einst ausführlich mit der Schwankliteratur des 16. und 17. Jahrhunderts befaßt. Wer die Sammlung von Facetien und Schwänken von einem Bebel, Wickram, Prätorius (ein Altmärker!), Lindener usw. liest, findet reichlich von dem, was in Varianten noch immer am Biertisch oder in geselliger Runde verbreitet wird. Auch in der satirischen Dichtung des 18. Jahrhunderts findet sich manches in gekonnten Fassungen, von denen wenige Beispiele in dieses Büchlein aufgenommen wurden.

Letztlich - ahne ich jedenfalls - wird ein tüchtiger Literaturhistoriker die Quellen der schlüpfrigen Anekdoten bis zu den antiken Überlieferungen verfolgen können. Mich hat das dann nicht mehr interessiert. Ich habe die erfahrenen Schwänke auf eigene Art erzählt, willkürlich die Schauplätze in der Altmark gewählt und alle Namen frei erfunden, doch auch eine Reihe von volkskundlichen Tatsachen eingewebt.

Diese tolldreisten Geschichtchen werden heutzutage noch überall in der Altmark erzählt. Freilich: nicht jedermann bekommt sie zu hören. Mit ihren ungezählten Varianten sind sie bestimmt unsterblich. Und wer sich über sie empört, dem sei ganz sachlich wiederholt, was der von mir hochverehrte Karl Julius Weber bereits vor über einhundertfünfzig Jahren (da muß doch bestimmt die gute, alte Zeit stattgefunden haben) niederschrieb:

„Jagt immer die Natur zur Vordertüre hinaus, im Triumphe hält sie ihren Einzug durch das Hintertürchen und lacht im stillen Kämmerlein."

Püggen, im Mai 1995

Inhalt

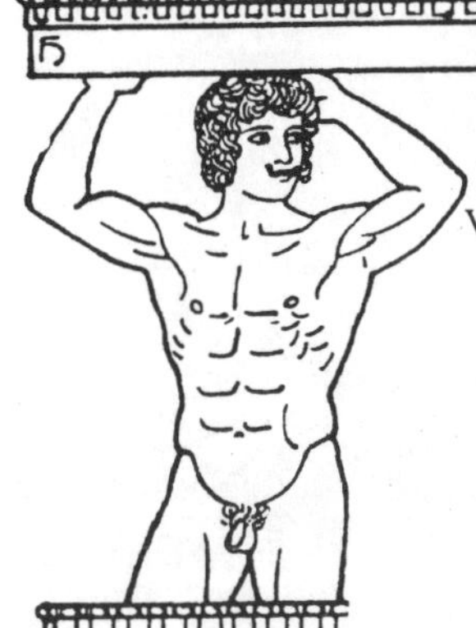

Die Deutsche Bibliothek - CIP-Einheitsaufnahme

Schmidt, Hanns H. F.:
Der Eiermann und andere tolldreiste Geschichten aus dem altmärkischen Dekamerone / erzählt von Hanns H. F. Schmidt. - Oschersleben : Ziethen, 1995
(Mittelland-Bücherei ; 11)
ISBN 3-928703-73-0
NE: GT

39387 Oschersleben, Friedrichstraße 15a
Telefon & Telefax (03949) 4396
1995
Satz & Layout: dr. ziethen verlag
Collagen und Vignetten: Bildarchiv Schmidt
Druck: Graphisches Centrum Calbe
ISBN: 3-928703-73-0
Gedruckt auf umweltfreundlich chlorfrei gebleichtem Papier.